神狼の妻恋い

宇宮有芽

白泉社花丸文庫

神狼の妻恋い　もくじ

イラスト／六芦《りくろ》かえで

*プロローグ

額の生え際を、ざらりとした舌先で舐《な》められる。

「っから、髪は食うなって……！」

河南匠《かわなみたくみ》は仕返しに手を伸ばした。身体にのしかかっている月白《つきしろ》の、ふっさりした尻尾の先をぎゅっと強く引っ張ってやった。

瞬間、月白がビクッとしてなにかを堪《こら》えるように眉《まゆ》をひそめた。直後に今度は匠の耳を甘噛《あまが》みされた。その刺激に腰が疼《うず》いて、匠は息を詰めた。

「……ッ…」

月白はそこが柔らかくて甘いからと言って、三日三晩、集中的に攻めてくる。

「しつこ……っ…」

甘いかどうかなんて知らない。剝《む》き出しの耳が珍しいだけかもしれない。まったく性感帯なんかじゃなかったのに、この数日しつこく舌で愛撫《あいぶ》されて、触れられるだけで意識するようになってしまった。

顔の横から月白の頭をどかせようとすると、指を絡めるようにして手を握られた。

「はぁ…はぁ…」

片手を繋《つな》いだまま、頭を撫《な》でられ、耳にキスを繰り返される。

匠は抵抗をやめて手から力を抜いて目を閉じた。浅く息を吐く。

普段はしんと静まりかえっている屋敷の外と内から、酒宴の喧騒《けんそう》が風に乗って絶えず聞こえてくる。婚礼の儀が行われる三日間、屋敷内のすべての扉が開け放たれていた。

匠と月白の閨《ねや》ですら、広い部屋の奥に布団を敷いて寝床を作って、その周りを几帳《きちょう》で幾重にも覆《おお》って目隠ししている状態だった。

誰も覗《のぞ》くことのないように、きつく言いつけている。

本来、祝言《しゅうげん》をあげた日の閨は、確実に結ばれたことを皆に披露《ひろう》するもので、公開で行われるのだと迫られた。それはありえないと匠が却下した。

こちらの世界ではセックスを他人に見られることに抵抗がないのかもしれないが、匠は恥じらいを持つ人間だ。見せつける趣味はない。

四国地方にある二社《にしゃ》山の主《あるじ》、月白の結婚を祝う酒宴はまだ日の高いうちから始まり、夜通し続いていた。数日前から、近隣の聖域を守る神の眷属《けんぞく》たちが、婚礼に参加するため二社の山に集まっている。三夜目にして、花嫁が祝福に駆けつけた客の前に正式に披露された。

花嫁である匠は顔見世の場で好奇の視線を浴びて、注目された。

その後も宴《うたげ》は明け方まで盛り上がっていた。寝所に下がった花嫁が朝になって姿を見せて挨拶《あいさつ》するまでは、ひとりたりとも帰らないのだ。

早くにやって来たものは祝言の三日間、二社山に滞在して飲み続けている。

どんだけ暇《ひま》なんだよ……。

おそらく退屈に飽《あ》いていた神々にとって、人間の男の花嫁を迎えたという、この度の珍しい華燭《かしょく》の典は、格好の暇つぶしのネタになっているんだろう。

月白が耳から顔を移動させ、首筋に吸いついた。

肌を舐めて愛撫する舌の音がして、薄い皮膚の表面を牙《きば》が柔らかく挟《はさ》んで撫でるように動く。噛み切られるわけではないとわかっているが、最初は少し怖かった。

そして今は、そうされると身体がジン…と熱を帯びる。

自分のものだと確認するように、月白が甘え鳴きをして名前を呼ぶ。クゥンと鼻を鳴らすのは、褥《しとね》でしか聞かない声音だった。

「匠、匠……」

匠は顔を横向けて、はぁと喘ぎを漏《も》らす。

行為の最中は絶対に誰にも見られたくないと言ったため、月白が夢中なそぶりを見せながらも周囲に気を配ってくれているのが、ときおり耳の向きを変えるのでわかる。

初夜は慣れてなくて、組み敷かれてただ痛みに耐えた。身体を繋げるだけで精一杯、というひどいありさまだったが、二夜目は違った。

月白の機転のきいた処置のおかげで、互いの身体を深く探りあい、身も心も乱された濃い一夜を過ごした。

そのぶん三夜目の今夜は最初から疲れてしまっていた。

婚礼衣装を脱ぎさったあと、閨で白い長襦袢《ながじゅばん》だけの格好で向き合った。褥に入るのに躊《ちゅう》躇《ちょ》はなかったが、早く終わらせろと赤裸々に頼みこんだ。

布団の上で頬《ほほ》に頬を擦《こす》りつけられて、キスをねだられる。長いキスを交わした。

それから匠は月白の毛で覆われた耳に触れたり、大きな尻尾に顔を埋めてフサフサの感触を楽しんだりした。匠にとっては前戯でも、本性は狼《おおかみ》である月白にとっては、尻尾を無《む》闇《やみ》に弄《いじ》られるのはなにより耐え難いことなんだそうだ。

だが、匠は尻尾に触れる許可を月白から得ている。

むしろこの結婚にはそれくらいしか楽しみがないので、たとえ月白が心の中ではいやがっていても、伴侶《はんりょ》の尻尾で遊ぶのをやめるつもりは一切なかった。

「いつまでやってる。終わってからにしろ」

長い尻尾が大きく揺れて、パシッと音を立てて布団を叩いた。

匠はしぶしぶ尻尾を離して代わりに月白の背中に腕を回した。背中に軽く爪を立て、上下に撫でてやった。それが気持ちいいらしい。

「ン……ッ」

月白の手がするりと襦袢の合わせから侵入し、直接胸元を探られる。腰紐が緩んではだけた。下肢《かし》から下着代わりにしていた布もほどかれる。

今夜も抱かれるのだと、匠はごくりと息を呑んだ。

「全身舐めてやる」

月白が宣言する。

「……もっ、いいから……早く、しろ」

これは儀式だ。

最後の夜は閨での甘噛みとはどういうものなのか、全身をもって思い知らされた。

河南匠、二十七歳。独身男性、彼女なし。職業システムエンジニア。

三夜祝言。

三日をかけて、河南匠は二社山を守護《しゅご》する狼の眷属、月白の花嫁になった。

緊急事態が発生し、河南匠は仕事中に抜けなくてはならなくなった。

運の悪いことに上司が出張中だ。不安顔の後輩社員に詫《わ》びてあとをまかせ、問題が起きないように祈った。

「なにも起こらないと思うけど、トラブルがあったら連絡してくれ。申し訳ないがよろしく頼む」

システム室を出た匠は、水色の絨毯《じゅうたん》が敷かれた病院の廊下を急ぎ足で歩く。

大きな窓から、明るい午後の陽が射している。六月に入って一週間が経つが、今年はまだほとんど雨が降らず、例年より入梅《にゅうばい》が遅いらしい。

四階の診察室の奥に、匠が所属するシステム室がある。すでにほとんど診察が終わっているのか、各科の待合スペースに人気は少なかった。

「河南さん」

内科の医師である八神《やがみ》が声をかけてきた。

彼の専門は血液内科だ。職種は違うけれど、八神は匠の祖母が住む二社山の麓《ふもと》の村の出身だ。幼い頃、一緒に遊んだこともあって、気心が知れている。

「お疲れさまです、八神先生」

匠は会釈したつもりだったが、顔が少し強張っていた。

「さっき呼び出しされてたろ。どうした？」

「早退の許可をもらった。これから帰るんだ」

急いでエレベーターに向かう匠の隣を八神が並んで歩く。

「……おい、大丈夫か。なんだか顔色が悪いな」

「おばあちゃんが、家ん中で動けなくなって、倒れたんだそうだ」

匠はうつむき、声が震えそうになるのを堪えて告げる。

「本当か？　容態はどうなんだ？」

「幸い、倒れてすぐに近所の人に発見してもらえたようだ。救急車で千野《せんの》市民病院に運ばれたと連絡があった。……電話で少し聞いただけだが、どうも心臓がかなり弱ってるらしい。今から病院に向かう」

早口で答え、匠はなかなか来ないエレベーターの呼び出しボタンを何度も押した。

匠はおばあちゃん子だった。仕事で忙しかった両親はよく祖母の真紗子《まさこ》に匠を預けた。祖母の家は大変居心地がよく、匠はそこで過ごすことが大好きだった。

学校を卒業し、就職して仕事をするようになってもそれは変わらない。

元気だった祖母がいきなり倒れるなんて。みっともなく動揺していて、そんなところを八神に見せたくなかったが、心配で気が逸《はや》っていた。

ランプを見ると、一階にエレベーターが足止めされていた。

…早く来い。

ここから千野市民病院までは途中、峠をいくつか越えなければならない。車を飛ばしても到着まで一時間半ほどかかる。

祖母の真紗子は現在ひとり暮らしだ。たとえ容態が落ち着いても、おそらくこのましばらく入院することになるだろう。すでに祖母の兄弟姉妹は他界しており、匠の両親でもある息子夫婦は、上海《シャンハイ》に長期出張中だ。

身内ですぐに駆けつけられるのは匠だけだった。

「そうか。落ち着けよ、運転できそうか？」

八神の冷静な声に頷《うなず》き返し、ようやく来たエレベーターに乗り込んだ。

「何階？」

「おまえと同じ一階だ。コンビニに行く」

一階のボタンを押して、邪魔にならないように奥に下がる。エレベーターがほぼ各階に停止して、患者や見舞い客の乗り降りに時間がかかるのがもどかしかった。

匠は乗り合わせた人々に聞こえないように、小声で八神に頼む。

「遠くの病院じゃ、なにかあったときにすぐ行けなくて心配だ。おばあちゃんの状態によっては、こっちのベッドが空いてたら移らせたいんだ」

「ああ、いいよ。そのときには優先的に入院できるように口添えしてやる」

匠の勤め先であるこの病院は、職員の家族に対して手厚く面倒を見てくれる。

だがやはり、院内にヒエラルキーはある。一般職員である匠よりも、医師である八神の押しのほうが優先度が高く、いざというときにも話が通るのが早いはずだ。

「じゃあ、運転気をつけろよ。なにか協力できることがあったら、連絡してくれ」

一階に到着して先に匠を送り出してくれた八神の口ぶりに、心配が滲《にじ》んでいた。

「ありがとう」

それに頷くように小さく頭を下げて、匠は駐車場を目指して走った。

※　※　※

看護師に病室まで案内してもらった。

匠はプライバシー保護のため、半分ほど薄いブルーのカーテンで覆われたベッドの横に立ち、祖母の顔を覗きこむ。

目を瞑《つむ》っているのは休んでいるだけだと聞いて、ひとまず安堵《あんど》の息をついた。

静かにその場を離れ、職場に連絡を入れてまた病室に戻ってくると、真紗子は意識を取り戻していた。

孫の匠の顔を見て、顔をくしゃっとさせて微笑《ほほえ》む。

「ああ、匠が来てくれたん。大丈夫なんよ、心配かけてごめんねぇ」

そばに寄り、不本意そうな顔で謝る祖母の手を取った。

「無事だったんだから、いいよ。……聞いたときは、驚いて心臓が止まるかと思った」

匠はわざと明るく言って、点滴の管に繋がれた小さな手を優しく摩《さす》りながら、高齢の祖母をひとりで暮らさせていた後悔を嚙み締めた。

昔、村で一番の美人と評判だった祖母は、先祖代々、神社の管理をまかされてきた家系の出身だ。長年巫女《みこ》を務めていたせいか、清廉《せいれん》な美しさと若々しさ、後年にはふくよかさも持ち合わせていて、いつまでも年齢を感じさせなかった。……それが油断だったのだ。

匠は真紗子と一緒に、救急から引き継がれた担当医に簡単な説明を受ける。

「河南真紗子さんですね。お年は七十歳で、間違いありませんか」

「はい」

祖母は心筋梗塞《しんきんこうそく》を起こして病院に運ばれた。

しかし検査の結果、もっと深刻な問題である胸部大動脈瘤《きょうぶだいどうみゃくりゅう》が見つかった。心臓近くの動脈が破裂して大出血を起こす前に、人工血管に置き換える手術が必要だという。

今回たまたま病気に気づくことができて、運がよかったのだ。

「この機会に先生の言うことをよく聞いて。もっと大きい病院でちゃんと検査してもらわないと駄目だって、おばあちゃん。ここで身体の悪い部分を全部治してもらったら、長生きできるから」

「検査なんてせんでええわ～。もう大丈夫やし、早く山に帰してや。タクシー呼んで」

真紗子はあまり深刻に受け止めず、暢気《のんき》に言った。

祖母は二社山と棚田《たなだ》に囲まれた、のどかな風景の広がる山間の集落から、少し離れた山の中でひっそりと暮らしている。

「駄目だって！」

ベッドから身を起こし、今にも家に帰ってしまいそうな真紗子を匠は強い口調で制した。

ほかにも気になることがあるから、来週以降に検査をしましょうと言われた。まだ担当医から退院の許可も出ていない。

胸部大動脈瘤は怒ったり驚いたりして、血圧が少し上がるだけでも心臓に負担がかかると聞いた。次に倒れた場合、命が助かる可能性は低い。心配だった。

真紗子に伴侶はいない。一度も結婚しなかったけれど、実家からかなりの財産分与を受けていて、お金には困っていないはずだ。

もしお金がなくても、匠は生活の面倒を見てもいいと思っていた。

身体の弱った祖母に、ひとりで不自由な山の暮らしを続けさせるなんてできない。

「おばあちゃん、病気が治って退院したら、俺と一緒に暮らすんはどう？」

「いやや わ、遠いもん」

けれどそんな匠の心も知らず、即答されて苦笑した。

二社山はひとつの山を指すわけではなく、昇竜川渓谷《しょうりゅうがわけいこく》のある一帯の山域が二社山の通称で呼ばれている。山の頂で四国を守る龍《りゅう》たちの会合があったという、古くからの伝承が残されている。古《いにしえ》から行者が修行したといわれる、霊場でもあった。

山の大部分は、河南本家が管理する久龍天《くりゅうてん》神社の所有地になっている。

祖母の実家でもある河南本家は、真紗子の兄が神主となって跡を継いだ。

その先祖代々守ってきた山の一部に、祖母が独立した際に相続した土地があった。山の麓から少し離れた、清流近くの広い土地に家を建てて、現在まで住んでいる。

歴史のある土地だが、鉄道すら通っていない。村は高齢化が進む一方で、生活するには決して便利ではない場所だ。

それで十年近く前から、両親も匠も一緒に住まないかと何度も真紗子に打診していた。

しかし真紗子が街での暮らしを受け入れなかったのだ。

言い出したら聞かない性格で、頑固《がんこ》者だ。日常の身の回りのことくらいできる、生まれ育った土地を離れたくないと強く言われると、それ以上の無理強いはできなかった。

幸い、村の人たちが山奥の家までしょっちゅう訪ねてきては、なにか不自由はないか、用事はないかと気にかけてくれている。そのおかげで倒れた際の発見も早かった。

どうしても山を離れたくない、という真紗子の頑固さには呆《あき》れるが、実は匠もその気持ちが少しわかる。

二社山にある真紗子の家に、匠は週末ごとに様子を見に通っている。用事をすませて自宅マンションに帰るとき、なぜかこの土地から離れてはいけない気持ちに襲われ、滞在を一晩伸ばすことがよくあった。山に呼ばれた気がして突然行くこともあった。

しかし両親、特に父親は山を嫌っていた。

それは遠い過去に原因がある。

真紗子は五十四年前、十六歳のときに二社山で神隠しにあった。

そして帰ってきたときには記憶を失い、父親のわからない子供を身ごもっていた。

当時、久方ぶりの久龍天神社の大祭礼《だいさいれい》に人手を集めるため、ここ数年の過去の祭りの様子が公表された。巫女が映っている写真も出回って、インターネットのない時代に、真紗子の美しさが口コミで広まって地区外でも有名になった。

巫女を一目見ようと、わざわざ遠方からやってくる参拝客もいたらしい。

真紗子は興味を持ったよそ者にかどわかされたのではないか、と噂《うわさ》になった。狭い田舎社会だ。その噂は瞬《またた》く間に広がった。

親戚たちからはおなかの子供は堕胎して、噂の届かない、どこか遠くへ嫁《とつ》ぐように説得されたそうだ。けれど真紗子は周囲の反対を押し切って地元に残り、父親のわからない子供を産んで育てることを選んだ。

以来、一度も結婚することなく二社山で暮らしている。

父は村には少しもいい思い出がないと言って、ほとんど寄りつかない。けれど匠はなぜか村が大好きで、執着しているといってもいいくらいだった。

学校が休みの期間は、いつも祖母の家へ行きたがった。母親は当初、自然の中で遊ばせたいと匠が山に行くのを許していた。

無謀《むぼう》な性格が災いして、木から落ちて怪我《けが》をしても、見たことのないような巨大な虫を拾ってきても、今後気をつけるようにと叱《しか》られただけだった。

しかしある出来事を境に、母親も匠を山に預けるのをいやがるようになった。

祖母の庭の一隅に、一坪ほどの神社地が残っている。

そこに、本家には忘れ去られてしまっている、小さな祠《ほこら》があった。

登記上は境外《けいがい》にある摂社《せっしゃ》だが、個人の土地の庭にあるため参拝客の出入りもなく、普段は祖母の真紗子が管理している。

祖母の家を訪れると、幼い匠はその祠に手を合わせて挨拶するように言われていたが、古い神様程度の認識で、特別いわくのあるものだとは聞いていなかった。

八歳のとき、久龍天神社の大祭礼のさなか、匠はその祠の近くで神隠しにあった。

子供が行方不明になったと、地元の自警団で捜索隊を組んで捜索されたが見つからず、一週間経ってふらりと庭先に姿を現した。

匠は保護されると真っ先に祖母に向かって「犬を飼いたい」と頼んだらしい。

理由を聞かれても答えられなかった。やがて記憶の断片すらも思い出せなくなった。

同じ家系の人間が二度も神隠しにあい、久龍天神社の神主の血筋になにかあるのではと騒がれた。しかもどちらも、記憶を失って戻ってきたのだ。

それまであまりうるさく言わなかった母親も、さすがにその事件のあとは山を不気味がるようになった。今後は決して祠に近づくなと言い渡され、匠は祖母の家や庭先だけでなく、山そのものに出入りすることをしばらく禁じられた。

匠は中学生になると親に黙って、ひとりで祖母の家に遊びにいくようになった。見つかると父親にこっぴどく怒られたが、それでも懲《こ》りなかった。

仕事にいかなくていいのなら、馴染《なじ》み深い祖母の家でずっと暮らしたいと考えるほど、匠も山を離れたくなかった。

後日、匠は専門家のいる病院で祖母の心臓の手術について説明された。難しい手術になるが、このままほうっておくと命に関わると言われ、海外にいる家族とも話し合った。

山に帰りたがる祖母を、できるかぎりの治療をしてほしいと説得の末、三週間後に手術を受けることが決まった。それに合わせて両親が帰国する。

匠は検査入院中の祖母に頼まれて、留守宅の様子を見に二社山へ行った。

家の中の空気の入れ替えをして、簡単に掃除する。ついでに心配してくれていた近所の人たちにお礼と挨拶をして回った。

隣家といってもかなり距離が離れている。老夫婦が庭で飼っている犬を撫でて可愛がり、ひとしきり世間話をして、昼食まで呼ばれてから祖母の家に戻った。

お礼にお菓子を持っていったはずが、手作りのおやつを大量にいただいてきてしまった。しばし縁側で休憩する。

「雲が出てるけど、雨降りそうにないなぁ……」

空は薄曇《うすぐも》り。それでも病院そばの自宅マンションで休日を過ごすより、山の浄化されたような澄んだ空気に包まれているほうが、心が落ち着いた。

夕方には、祖母が入院している病院に顔を出すつもりだった。

匠は真紗子が庭のことを気にしていたのを思い出し、自家菜園の野菜や、庭の草花に水を遣《や》る。ふと思いついて、あまり行かなくなっていた裏手にある石段を上った。

――この奥に、祠がある。

神隠し事件以来、そこには絶対に近寄るなと言われていた。

だが言いつけを深く気にとめてはいなかった。匠自身、祠がなにか悪い恐ろしいものだとか、呪われていると感じたことはなかったからだ。

そもそも神隠しの原因が、この祠だというのも怪しい話だ。

ただの大人たちのこじつけなんじゃないかと疑っていた。

匠は祠の前に立ち、祖母がしていたように祠の周りを掃《は》いて拭き清める。

静寂な場所にひっそりと鎮座する、鳥居のない小さな神社という風情《ふぜい》だ。

正確な樹齢のわからない古い巨木が、雨風からかばうように祠の背後に立っている。その木の割れ目がやけに大きく見えた。

注意深く見ると、奥行きのある空洞の存在に気づく。

……洞《ほら》だろうか。入り口の大きさから考えると、猪《いのしし》は無理だとしても、狐狸《こり》の棲《す》み処《か》になっていても不思議ではない。

「なに、なんかあるのか……？」

ドキドキしながら、好奇心にかられて匠が中を覗き込んだ。

そのとき、周囲にザァッッと風が激しく吹きつけた。

あたりに細かな砂埃《すなぼこり》が立ちこめて、匠は反射的に目を瞑った。

※　※　※

あたりが闇に包まれ、真っ暗になった。

ふわっとエレベーターが急上昇したときのような、奇妙な浮遊感に襲われる。直後に横からの強い風に激しく身体を揺さぶられ、めまいがした。

そして次に顔を上げると、景色が一変していた。

「え……」

信じられず、しばたたいて瞼《まぶた》を擦った。

匠はとっさになにが起こったのかわからなかった。ついさっきまで、匠は祖母宅の庭先にいたはずだ。

いくら見回しても、視界から小さな祠が消えている。いや、庭そのものが消え、存在していたはずの家屋もなくなっていた。

深い緑の葉をつけた背丈を越える大木が寄せ合うようにして並んでいる。

「どこだ、ここ…？」

衣服についた土埃を軽く手で払いながら、首をかしげて自問自答する。

見知らぬ林が忽然《こつぜん》と目の前に広がっている。二社山には、この光景に思い当たる林はなかった。事態がよく飲み込めない。

けれど、直前まで自分がいた場所と違う場所にいることだけは、はっきりしていた。

——また記憶が飛んだのか？

事故にでもあったのかと、どきりとして自分の手を見つめる。

それとも、病的なものだろうか。気づいたら知らない場所にいる、という現象が頻繁《ひんぱん》に起こって、もしこれが病気のせいだったら怖い。

匠の服装は今朝、祖母の家へ行くために着替えたシャツにジーンズのままだった。

軽い衝撃とめまいはあったが、服の上から身体を触ってたしかめてみても、どこにもおかしな怪我なんてしていなかった。気になる痛みもない。

……どういうことだ。

匠はなんとか気を落ち着けようと、深呼吸した。

「……はぁ」

鼻先をかすめたのは花の蜜の誘うような甘い匂い。梔子《くちなし》の香りに似ている。

少し冷静になって、改めてあたりを見回した。

高い木の枝越しに見上げた空は曇りだったはずなのに、澄み渡った青空が広がっている。

もっとも山の天気は変わりやすいから、あまりあてにならない。

近くに水源があるのか、足元には草が生い茂っていて静かだった。

もしここが祖母の家のある二社山なら、迷うはずがない。そう断言できる。

匠は幼い頃から祖母の家のある二社山を駆け回って遊んだ。それで方向感覚が養われ、たとえ山道から外れて知らない場所に出ても、必ず祖母の家に帰りつくことができた。

覚えている限り、二社山で迷ったことは一度もなかった。

もし迷ったことがあるとすれば、唯一あのときだけだ。

……神隠し。

だがそれも、迷子の一言では片付けられない。

同じ状況とは言いきれないが、可能性はある。

匠は落ちてきた少し長めの前髪を後ろに撫でつけて、しばらく途方にくれる。

立ち尽くしたまま、不測の事態にどう対処しようかと考える。しかしいくら考えても、ここがどこで、どうして自分がこの場所にいるのか、さっぱりわからない。

「誰も俺がここにいるって、知らないよな……」

やがて気持ちを切り替え、匠は顔を上げた。

知らない山の中に迷い込んでしまっているのだ。来るのかもわからない救助を待つより、さっさと下山したほうがいいに決まってる。

迫りくる夕闇の予感に焦《あせ》りが生じた。このまま山中でぐずぐずしているのはよくない。

日が落ちて暗くなると気温が下がる。野生動物だって出るかもしれない。

そう判断して、匠は歩き出した。

とりあえず人が通るような道を探そうと、周囲を観察する。

淡い色の美しい草花や、毒々しい色の大きなユリのような花……。

……なんか変だ。見慣れない植物が目につく。

ひとりで勝手に動かないほうがいいのか？

ざわざわと胸に不安が忍び寄ってくる。そのとき、草を踏む音がして、誰かが近づいてくる気配がした。

……助かった。誰にも出会わなかったらどうしようかと思っていた。

ほっとして、匠はその影がてっきり普通の人間のものだと思いこんで振り返った。

しかし次の瞬間、会釈しようとした顔が凍りつく。

視界には、百七十センチある匠より頭一つ分かそれ以上背の高い、大柄で精悍《せいかん》な顔つきの男がいた。紫紺《しこん》色の長着の上に藍《あい》色の羽織りを着ている。足元は皮草履《かわぞうり》。

匠はある一ヶ所に目が釘付《くぎづ》けになる。

「え……？」

耳だ。それも獣の耳。

髪は艶《つや》のある青灰《せいかい》色と銀色の中間色のような、珍しい輝きを放っていた。

それはそれで一見する価値のある美しさだったが、それよりなにより、髪に覆われた頭部に、フサフサした毛の生えた耳がついていた。

先端だけがやや濃い色になっている。ピンと立ち、人間の耳よりも若干《じゃっかん》大きい。

何度も瞬きをし、異形《いぎょう》の姿が見間違いではないかと自分の目を疑う。

男は動揺して身を固くしている匠の顔を見つめ、感激したように相好《そうごう》を崩《くず》してにじり寄ってくる。

「うわっ、えぇ――?」

「匠、匠だろう?」

名前を呼ばれてはっと我に返る。

匠の身体は本能的な恐怖に襲われていた。目の前の男は存在感があり、気配からして只者ではない。

男から伸ばされた手を反射的に払ってずるずる後ずさった。

和装で耳がついてるなんて、山の中で見るには手のこんだコスプレだ。

変質者、いや、変態。違う、なんていうんだかわからないが、まともな頭ではないだろう。街中でもそんな格好をしていたら明らかにやばい。

「その耳……っ、なんだ。おまえは誰だっ?」

少しずつ後ろに下がりながら、ようやく威嚇《いかく》するような低い声を絞り出す。

匠の質問に、男が差し出した手を少し引いて、耳をぴくりと動かした。

話しながらも一歩ずつ下がっていく匠に、片眉を上げて答える。

「耳は耳だ。俺のことを思い出さないか？」

にやりと微笑んだ顔に覚えはない。

匠は大きく頭を振った。

男の背後でなにか白いものがゆらりと揺れて、今度はそっちに視線を奪われる。着物の裾《すそ》からそれの先っぽがちらちらと覗いた。

……耳と同じ色のフサフサした毛先の長い尻尾だった。コスプレにしてはよくできすぎている。剥製《はくせい》の一部でもとってつけたようだ。

手の込んだ冗談だろう、と笑いたくても笑えなかった。

耳と尻尾の生えた変な男がさらに一歩近づいてきた。

手を伸ばせば届きそうな距離。とっさに襲われる、という恐怖に身をすくめた。背中に冷や汗が滲む。

「匠」

なぜ相手が自分の名前を知っている？

混乱が頂点に達した匠は、男に背を向けてその場から駆け出した。

すぐに足音がして、背後から追ってくる気配があった。

「匠、待て！」

見ず知らずのおかしな形をした男に、名前を呼ばれて追いかけられる。匠は無我夢中《むがむちゅう》で必死に走った。けれど、不案内な山の中で圧倒的に不利なのは匠のほうだ。

いくらも走れないうちに、次第に距離が縮まっていく。

林の中を逃げ惑って息が切れ、かなり近くまで男が迫ってくる気配を感じた。

「くそ……っ」

とにかくこの変な男を振り切ろうと、匠は木と木のあいだをかいくぐりながら走る。

「待て、なにもしない。なぜ逃げるっ？」

「だったらどうして追いかけてくるんだ！」

はぁはぁと乱れた息で走りながら叫ぶ。

「逃げるからだろうが！」

匠が斜面に逃げ込もうとしたとき、とうとう男の腕に捕まりそうになる。

「……触るなっ」

叫んで拒絶する。それにびくりと男が動きを止めた。

その隙を逃《のが》さず、くるりと身体の向きを変え、別方向に逃げようとした。

しかし運の悪いことに、勾配《こうばい》のきつい斜面で足底がずるっと滑《すべ》った。あっと思うまもなく、匠は二メートルほど下まで派手に転げ落ちる。

途中に木がない場所で、落下速度が加速して地面に身体が投げ出された。

「……ッ…」

腰と右半身をしたたかに打ちつけた匠は、すぐ起き上がって逃げようとした。

地面に手をついて足に力を入れた瞬間、右足のふくらはぎにビキンッと激痛が走り、ガクッと膝《ひざ》が折れる。

「い…っ、てぇ」

痛みに思い切り顔を顰《しか》め、足をかばって草葉の上に転がって蹲《うずくま》った。

匠の落ちた斜面の下まで、男がトンと軽く跳《と》ぶようにして降りてきた。

一瞬で横に立った男の脚力に驚かされる。もしかしたら、本気で匠を追いかけていたのではなく、遊ばれていたのかもしれない。

もう駄目だ。捕まる。

こんな知らない場所で人生が終わる、と匠は目を瞑って覚悟した。

これが夢なら、このあたりでそろそろ目覚めてもいい頃だ。だが手をついた固い地面の感触も、ふくらはぎの痛みも、怪しい男の存在も、現実のものだった。

腰を落とした男に横からがっちり腕を摑《つか》まれて、今度こそ逃げられなくなる。

「どこか怪我をしたのか。大丈夫か」

目を上げると、男の心配げなまなざしとぶつかる。……瞳の色が印象的だった。

これまで見たことのないような美しい琥珀《こはく》色で、目の奥が金色がかっている。

匠はそこでようやく間近でその男の顔立ちをじっくりと見た。さっきはフサフサした耳と尻尾に気がいって、ちゃんと見ていなかったのだ。顔だけ見ればいい男の部類に入る。

硬直したまま答えないでいると、男が「俺が怖いのか？」と聞いてきた。

「なにもしない、逃げるな」

匠の髪に男の息がかかる。

匂いを確認するように、頬や耳のあたりにフンフンと鼻先を近づけられた。

怖いと認めるのは癪《しゃく》だが、身体が動かない。足の痛みと見ず知らずの男に捕らわれた恐怖に、匠はますますもって身を固くした。

「匠、匠、ずっと会いたいと思っていた」

まるで百年の恋でもしているかのような熱っぽさでささやかれ、その腕の中に抱きしめられる。

「なんだっ、やめろ……！」

心当たりのない匠は、胸を叩いて腕の中から抜け出そうともがいた。

「暴れるなよ。……ちっとも再会の余韻《よいん》がないな」

猫の子にでも言い聞かせるような口調でたしなめられる。

ふざけた空気が伝わり、ようやく本当に匠に危害を加えるつもりはないらしいことを理解する。だがまだ安心はできない。

「なんの余韻…ってか、どうして俺の名前を知ってるんだ」

はあっと息をつき、疑問を口に出す。

男は匠を見つめたまま口を開く。

「俺は月白という名だ。――本当に、覚えてないのか？　思い出さないか」

今度は真面目な口調だった。

反応を探るような視線を向けられて、匠はまじまじと男の顔を見返した。

「つきしろ……」

やはり知らない、と首を横に振る。

男が苛立《いらだ》ち混じりのため息をつく。そして琥珀色の目を伏せて、匠に冷ややかな一瞥《いちべつ》をくれた。

「そうか。まあいい。俺は一目でわかったからな。匠にはがっかりさせられたが」

「なにががっかりだよ！」

失礼な男だ。

匠は男の広い胸を押し返したはずみで、体重のかかった足の痛みにうっと呻《うめ》いた。

「おまえがなにも覚えていないからだ。痛めたのは足だけか？」

声には抑えた怒りがこもっていた。

「……そう、足が攣《つ》ったみたいになってる」

肉離れだ。手でふくらはぎを押さえる。筋肉が痙攣《けいれん》してズキズキと激しく痛むが、骨は折れていないと思う。ただ地面に足をつくだけで痛み、うまく力が入らない。

「どうしてそんな格好をしてるんだ？　その耳と尻尾は本物なのか？」

男の表情の変化に合わせて、耳も動くのが不思議でならなかった。

「ああ、そうだ。ここではこれが普通だ。人の住む世界とは違う」

動く耳に目を奪われていた匠に、月白が言い切る。

「なら……月白は人じゃないのか？」

「人ではないな」

月白がニヤリと笑う。

先ほど見た瞳より、金茶の色が強くなった気がした。見る角度によって、月白の瞳の色が変わる。きれいなその瞳に見惚《みと》れた。

「あの、な」

言葉が通じる相手だと思うと、耳と尻尾が気になってしょうがない。

「……触ってもいいか、それ？」

「俺のことを覚えてないくせに、相変わらずいい度胸をしているな」

懐《なつ》かしむように微笑まれて、月白の怒気がふっと消えた。触っても大丈夫そうだ。

耳も尻尾も、白っぽい毛に青っぽい灰色が混ざったような毛並みで、尻尾は白と銀の色味が強い。目線を上げてじっくり耳を観察すると、内側にうっすらと血管が通っていた。ドキドキしながら触れる。毛並みが柔らかく、ハリがあった。

――やっぱり本物だ。

感激して、次は尻尾に触れたくて手を伸ばしたら、毛先だけパシッと軽く手にあてられて逃げられた。

「もういいだろう」

残念だがしょうがない。

「立てるか？」

先に腰を上げた月白に腕を借りて、匠は肉離れを起こしている足に負担がかからないよう、ゆっくり立ち上がる。隣に立つと月白の目線が高い。

耳の長さも身長に入るのだろうか、などとくだらないことを考える。

上方から吹く強い風に木の枝が揺らされて、影が落ちた。

バササッと大きな鳥の羽音に、月白が耳を後方に伏せて目を上げる。

「ずっとここにいるのはまずい。俺の屋敷に来い」

そのほうが安全だ、と有無を言わせぬ強引な声で告げられた。

匠は瞬きをして月白を見返した。

「まずい？　どういうことだ」

「話はあとだ」

いきなり信用するには、どうにも怪しすぎるとは思った。けれど、軽装であてもなく山中をうろつくのは危険だ。おまけに匠は足を引《ひ》き摺《ず》っている。

それにこの男に聞きたいことが山ほどある。

「匠。ほかのものに見つからぬよう、これを頭からかぶっていろ」

月白の羽織りを手渡された。見つかったらどうなるのかは、わからない。

謎だらけだが、知り合いだという言葉を信じて、月白についていくしかなかった。

「その足じゃ遅すぎる」

痛みで足をつくこともままならなかった匠は、あっさりと月白にかつがれた。

※　※　※

匠は山の中腹にある、月白の屋敷に連れていかれた。

匠を片腕で抱いているのに、月白は軽々とした足取りで舗装されていない山道を駆け抜けた。しっかり肩と首にしがみついていないと、振り落とされそうなほどのスピードで、匠は話しかける余裕すらなかった。

スピードが緩まったのに気づいて顔を上げると、見晴らしのいい草原が見えた。少し開けた土地に集落があり、奥へいくにつれて次第に土地が高くなっていく。

中央に大きな鐘楼門《しょうろうもん》があった。門の周辺に地べたに座り込んだたくさんの山犬……。

月白が門に近づくと、山犬たちが一斉に立ち上がった。

匠は襲われるのではないかと身構えて、月白に摑まっていた手に力をこめる。

けれど実際なにも起こることはなく、月白は鐘楼門をくぐって中に入った。

月白と同じように毛で覆われた耳と尻尾のあるものたちが、こちらに向かってやってくる。最初に目にしたときほどの驚きはないが、やはり匠の目にその姿は異形に映る。

だが、彼らにとっては匠の方が不審者に違いない。

匠は月白から渡された衣を頭からかぶっていた。それをさらに目深にして顔と耳を隠す。

「御代様《みだいさま》」

「客がいる。あとにしろ」

話しかけてこようとした彼らを、月白が軽く顎を引いて追い払った。

門の中は雰囲気ががらりと変わって、こんな場所にいったいどうやって建てたのか不思議なほど、雅《みやび》な趣《おもむき》を凝らした建物が並んでいる。

匠は月白に屋敷に来いといわれたとき、なんとなく山小屋のようなものを想像していた。しかし連れて行かれたのは、その中でも一番大きくて立派な屋敷だった。

立派な柱や欄干《らんかん》に見事な細工が施《ほどこ》されていて、その美しさに目を瞠《みは》る。重要文化財の境内みたいだな……、と歴史はあるが古さが目立つ久龍天神社と、つい比較してしまう。

「ここが本殿だ」

最大の建物の玄関を通って広い部屋をいくつか抜ける。長い廊下を通ってさらに中を進んでいくと、中庭をはさんで回廊《かいろう》で繋がった四角い建物が現れた。

月白はその前で足をとめた。目的地はここだったようだ。

綺麗《きれい》な着物をきた女性数人が並んで出迎えてくれた。あとから痩《や》せぎすの若い男が走り寄ってくる。

月白は匠のことを「大事な客だ」と説明して、匠が休める部屋の準備と見張りを命じた。

とっさに挨拶しようとした匠に「顔を出すな」と言ってとめた。

月白はどうやら匠の存在を隠したい様子だった。

少しムッとしたが、月白の屋敷なので言われたとおりにする。

匠はいいかげん自分で歩く、と言い出そうかどうしようか迷っていた。

そのとき急に方向転換されて、匠が頭にかぶっていた布がはらりとめくれた。隠していた顔が露《あらわ》になり、彼女たちがざわめきたった。

決して気持ちのいいものでない、好奇の視線を浴びる。

くすくすと笑われた気がして匠はうつむいて顔を逸《そ》らした。

……なにがおかしいんだ。耳？　尻尾がないことか？

匠が萎縮《いしゅく》しかけると、月白がそちらへ顔を向けて「騒ぐな」と一喝した。

「あいつらのことは気にするな。人間を見るのが珍しいんだ」

月白はおとなしくなった何人かをうしろに従え、さらに続きの間を抜けた。十畳ほどの畳敷きの部屋に着いて、ようやく匠はそろりと下ろされた。

「まだ足が痛むか？　見せてみろ」

「少し」

年月は感じさせるが、上等な調度品に囲まれた重厚で落ち着いた雰囲気の部屋だった。靴を脱いだ匠の足に無骨な手が触れる。この建物内は土足厳禁のようだ。

「ここで少し待っていろ」

ぶっきらぼうに告げて月白が部屋を出ていった。

いきなり邪魔したのだから、ほうっておかれても文句は言えない。

部屋に残ったのは匠と、黒髪を括《くく》り上げた若い痩せた男だけだった。

身長は匠とあまり変わらない。耳と尻尾は黒褐色の毛に覆われていて、動きやすそうな黒衣をまとっている。

忍者みたいだなと思っていると、焦げ茶色の目が値踏みするように匠に向けられた。胡散臭《うさんくさ》い、と思われているのだろう。

そんなのはこちらも同じだ。

無言で彼が匠の座る場所を作ってくれて、手でそこに座るようにという仕草をされる。とりあえず礼を言ってそこに座る。

男は憮然《ぶぜん》とした顔で、部屋の隅に正座して控えた。

「どうも、こんにちは。河南匠と言います」

匠は思い切って声をかけたが、返事はなかった。

主人に似てずいぶん礼儀知らずだ。学生ならいざ知らず、社会人になって六年目の匠は初対面の相手に、ストレートに感情をぶつけるような真似はしない。

だが慣れない場所だけに、どう対処すればいいかわからなかった。

「失礼いたします。竜胆《りんどう》と申します」

波模様の藤色の着物を着た小柄な女性が部屋に入ってきた。

ほわほわした柔らかそうな真っ白い耳。ふっさりした大きな尻尾。だんだん見慣れてきて、怖かったのが嘘のように耳と尻尾がついているのが可愛く見えた。

手にしていた手桶《ておけ》と布、薬草を横に置いて入ってきた扉を閉める。

匠に向き直った竜胆が慎《つつ》ましやかな声で、にこやかに尋ねる。

「匠様、御足を痛められていらっしゃるとか。見せていただいてもよろしいでしょうか」

頷いて、匠はジーンズの裾を上げて足を見せた。

目に見えて腫《は》れが酷《ひど》いわけではないが、ふくらはぎはまだ熱を持っていて、疼痛《とうつう》が続いていた。数日は痛みが残るだろう。

竜胆は患部を確認して、湿布のような匂いのする薬草を水で溶いてすり込んだ布を手にして、丁寧《ていねい》に匠の足に巻いてくれた。民間療法のようで効くのかは不明だが、ひんやりした感触がして気持ちいい。布に熱が吸い取られていく。

「すみません……、ありがとうございます。竜胆さん、聞いてもいいですか」

「まあ、お願いでございますから、どうぞ私のことは呼び捨ててくださいませ」

そういえば、なんとなくあの男のことは最初から呼び捨ててしまっているなと気づく。

「わかりました。月白は？」

月白の姿が見えなくなって、さっきはあんなにも怪しいと思った男なのに、そばにいてくれないとどうすればよいのか心細くなった。

「御代様はすぐにまいられると思います。匠様がいらっしゃって、とても喜んでおいでですから、ほうっておかれるはずがございません」

にっこり微笑んだ竜胆が意味のわからないことを言う。

薄々、自分が本来いるべきでない世界に紛《まぎ》れ込んでしまったのだとわかっていた。

「よろしければ、どうぞ」

手早く薬草と桶を片付けた竜胆が、温かなお茶とお菓子を差し入れてくれた。

こんなに親切に、丁重にもてなされるなんて、狐《きつね》につままれたような気分だ。

ときおり揺れる耳と尻尾のせいで、物語の世界に入り込んだような錯覚を覚える。現実感が薄い。

――ここで出された食べ物を口にしたら、元の世界に戻れなくなったりしないだろうか？

映画や昔話の悪いパターンが頭の隅を過ぎる。

匠はただ笑って礼を言い、お茶にもお菓子にも手をつけなかった。

「御代様って、月白のこと？　えらいの？」

「左様でございます。二社山一帯の山を統《す》べる、頭領《とうりょう》でいらっしゃいます。ですから、ここにいれば危険はございません。ご安心くださいませ」

「二社山……？　ここが？」

匠は古い伝承を思い出す。

かつて二社山には寺と神社があった。しかし長い歴史の中で寺が廃《すた》れ、ふたつの寺社が合祀《ごうし》されて久龍天神社になったと文献に残っている。

だが、匠のよく知っている二社山と、ここはかなり違う。こんな建物はない。

「俺が——ここに来たのってどういうことか、わかりますか？」

竜胆が匠を見て、なぜか意味ありげに微笑んだ。

「私からはなにも申し上げられません。御代様がご説明されると思います。…では」

匠は部屋を出ていこうとした竜胆を引き止める。

「もうひとつ、聞きたいことがあるんだけど」

白い尻尾をくるんと丸めて足を止めた竜胆が、小首をかしげた。

「なんでございましょう」

「あの、あそこにいる彼の名前はなんていうんですか？」


竜胆の言葉どおり、ほどなく月白が藍染の着物に黒い半衿《はんえり》をつけた姿で現れた。着替えてきたらしい。

竜胆がお茶を入れ替えてくれる。

「お気に召しませんでしたでしょうか？」

先ほどのお茶を残していることをさりげなく気遣われる。匠は愛想笑いでごまかした。

新しく淹《い》れてくれたお茶が、さっきと違う甘い香りがすることに気づき、匠は一応飲むふりをした。

月白は卓を挟んで匠の向かいに、どっかりと腰を下ろした。

「御代様？」

匠がそう呼んでみると、月白は一瞬竜胆を見てから匠に視線を戻す。

「月白でいい。ここのものたちがそう呼ぶのは、この山の主をそう呼んでいるだけだから仕方がないが——匠にそう呼ばれるのは好かん」

匠は皮肉に口元を歪《ゆが》めた月白の真意をはかりかねる。

「ふたりとも下がっていい」

「失礼いたしました」

促され、竜胆と一緒に隅に控えていた木賊《とくさ》という名の黒褐《こっかっしょく》色の耳をした男も出ていった。その際、会釈をくれた竜胆とは対照的に、なぜかきつくにらまれたような気がした。

戸が閉められ、ふたりきりになった。

「さて……」

待っていたとばかりに匠は身を乗り出して問いかける。

「知っているなら説明してほしい。ここは二社山なのか？」

「そうだ。昇竜山とも呼ばれる神の棲む山だ」

「……月白は神なのか？」

その質問に、月白はただ薄く笑った。

久龍天神社は龍神を祀《まつ》っているが、その守護獣は狼とされる。それが月白の正体なのかと思い当たった。龍が狼とともに山の土地を守った伝説が残されていて、二社山の守り神として狼も神の眷属とされている。

月白の頭にある耳と、ふさふさの獣の尻尾を改めてみる。……それっぽい。

「守護獣？　狼？」

「ああ」

……門のそばで見たのも、山犬じゃなくて狼だったのか。

「匠。おまえは端境《はざかい》を越えたんだ。もう戻れない覚悟をしろ」

「端境ってなんだ？」

神域であるこちらの世界と人間の世界が、一定時間もしくは場所が重なっている道のようなものだと教えられた。

しかしそれだけでは、戻れないという言葉の意味を飲み込めなかった。

「つまり、どういうことだ」

ふっと目を伏せた月白が、意地の悪い獰猛《どうもう》な顔つきになる。

「この世界にやってきた人間は、捧《ささ》げものだ。拾ったやつが好きにしていいことになっている。匠は俺が連れてきた」

捧げもの……？

神への供物ということか。

「冗談だろ」

匠は笑おうとして、顔が引きつった。

それが本当なら、匠は自らこの男の手に落ちたのだ。足の痛みを無視して立ち上がる。

ここから出ていこうとしたが、戸口の前で月白の大きな身体に道を塞《ふさ》がれた。

うかつについて来てしまったことを、激しく後悔した。

「さっきいた場所に行く。連れていけ。俺は人間の世界に戻る！」

「戻れないと言っただろう。もう道は閉じている」

匠はショックで言葉が出ず、啞然《あぜん》と月白を見返した。

「だから不用意に外に出るなと言っておく。この屋敷には俺の結界が張ってあって、外のものは入ってこられない。匠のことは俺が守ってやる。ここでずっと暮らすんだ」

「なにを……」

月白は匠を見下ろし、勝手なことを言う。

一方的に決めつけられるなんて冗談じゃない。

どうしてこの男を信用してついてきてしまったのか。あそこで追いかけられなかったら、足だって肉離れを起こさなかった。そしたら元の世界に戻れたかもしれないのに。

そう思うと後悔するとともに、ふつふつと怒りが沸《わ》いてきた。

匠はキッと月白をにらんで怒りをぶつける。

「なんで俺をわざわざかついでまで、ここに連れてきた？　おまえの好きにするためか！」

「そう興奮するな。落ち着け、騒いだところでなにも変わらない」

月白がはあはあと肩で息をしている匠に淡々と言って、つま先から頭のてっぺんまで見る。そして月白は匠の耳元にゆっくりと唇を近づけた。

「ここに連れてきたのは、匠と約束したからだ」

匠は月白の手を邪険に払い、聞き返す。

「――約束？」

「人間なんて薄情なものだな。十九年前、おまえが俺を助けたんだ。そのときに約束した。あれ以来、俺は匠と再会する日を待ちわびていた。思い出したか？」

月白はやるせない、せつなげなため息をついた。

大げさな言い方はわざとらしいと思ったけれど、少し冷静さを取り戻す。

「思い出せない」

匠はうつむいて真剣に頭を抱える。

「……月白、俺が子供のときに会ったことがあるのか」

「忘れたことはない。――俺のほうはな。匠はすっかり忘れているようだが」

過去に、この男と会っていた……。

神隠しから二社山の祖母の家の庭に戻ったとき、大人たちからも「どこにいたのか」「なにをしていたのか」とさんざん聞かれて、答えられなかった。

「俺は約束したから、おまえが戻ってきたんだと思った。たまに向こうの世界が重なって見えるときがある。俺は一目でも匠の姿が見えやしないかと、何度もあそこに通っていた。だから今日、匠が見えたときに呼んだんだ」

「呼んだ？　月白が俺をこっちに呼んだっていうのか？」

「そうだ。約束だった」

「悪いけど、俺はそのときのことを覚えてないんだ」

「……こちらにやってきた人間が、端境を抜けて戻るときに、代償《だいしょう》を持っていかれるというのは本当らしいな」

それが記憶であることが多い、と言われて匠は顔をあげる。

「じゃあ、しょうがないだろ。俺だって忘れたくて忘れてるわけじゃない」

「だがおまえは、忘れないと言ったんだぞ！　開き直るな」

言いがかりのように責められる。

「どんな約束だったんだ？」

聞いて、実行できることならしようと思った。

月白は十九年前の話を口にした。

当時、まだ若い狼だった月白は一族内の争いに負けて、大怪我を負って端境の近くまで逃れ、山の中の洞窟に潜んでいたところを匠に助けられたのだという。

餌《えさ》を獲りにいく力を失って、体力も尽きて動けなくなり、餓死を待つだけの状態で、特に下肢の嚙み傷が酷く組織が壊死し始めていた。

「子供が近づいてきて、倒れている俺に尻尾を撫でていいかと聞いてきた」

思い出したのか、月白が小さく笑う。

端境に迷い込んできた人間の子供――八歳の匠が、物怖《ものお》じせずに近づいてきた。

すでに人間を襲うどころか、唸《うな》って威嚇する体力もろくに残っていなかった月白は、ただ荒い息を繰り返していた。

「返事もしてないのに、おまえは尻尾を触って頭を撫でて、傷口を容赦なく何回も洗いやがった。それで飛び上がって暴れた俺を押さえつけて、治るから大丈夫だって言ったんだ」

匠は月白に寄り添い、傷口を洗って膿《うみ》を出して消毒した。

そして山で採取した水や食事を与え、月白が自力で立ち上がれるようになるまで、洞窟内で一緒に過ごしたのだという。

野生の強い狼だ。化膿《かのう》さえしなければ傷が塞がるのは早い。

献身的な看病を受けた月白は、驚異的な早さで回復した。

たった数日間の出来事でも、怪我の痛みと孤独に耐え、苦しみ喘いでいた月白を救った匠との思い出を、ずっと忘れられないでいるのだろう。

そのときの約束を、大事なことのように口にする。

「元気になったら、ずっと一緒にいようと約束した」

「ごめん。……やっぱり覚えてない…」

記憶がすっぽり抜けているが、月白の言うことは嘘ではないだろうと思った。

子供の頃の匠は、木登りや川遊びで失敗して小さな傷をつけて帰ることが多く、水筒と一緒に救急セットを持ち歩かされていた。山の中で出会う野生動物に対しては、恐怖心よりも、好奇心のほうが勝っていた。

動けるようになって再び群に戻った月白は、その後、先代の引退ののちに一族内の闘争に打ち勝ち、二社山の狼たちの長《おさ》となったのだと言う。

そうして人間を保護できる力を手に入れて、匠の前に現れた。

「おまえが俺を助けたから、今度は俺がおまえの面倒を見て守ってやる」

助けてもらった恩を返すということらしい。やり方は強引だが、筋は通っている。

約束を忘れている匠が、約束を守るために呼んだという月白を責めるのは酷い。匠はこの世界の住人ではないのだ。ほかに頼れる身寄りもなく、保護してくれるというなら当面は月白に頼るしかない。

「…月白はいくつなんだ？」

ふと気になって尋ねた。

月白の外見は二十代半ばに見えた。若々しい覇気があるようにも見えるし、皮肉げでつかみどころがない面は、老成した雰囲気もある。実際の年は見当がつかない。

十九年も匠を待ちわびたというなら、二十歳は越えているように思う。野生下の狼の寿命はそんなに長くないが、月白がただの狼ではないことは明白だ。

「俺の歳は——三十年を越えたか。匠と初めて会ったときは十二歳だった。だいたい十年で成体になって、そのあと数十年かけて力が安定したところで成長が落ち着く」

「それって、月白は若いのか？　寿命はどのくらいなんだ？」

「俺が二社山の守護をするようになってまだ十年足らずだ。上の御仁《ごじん》には若造だと言われるな。寿命はそれぞれだが、獣の形のままであればおよそ六十年。神の眷属となったものは人より長く生きて、二百から三百年ってところだ。噂には、五百年生きたものもいると聞く」

人間の約三倍……。

寿命の話で匠は入院中の祖母のことを思い出した。

突然姿を消した匠を、誰かが探してくれているかもしれない。もしそれが祖母の耳に入ったらと思うと、いてもたってもいられない気持ちになる。

ずっと出勤しなければ、遠からず騒ぎになるだろう。匠には前科がある。

自分の意思ではないが、また祖母の家から失踪《しっそう》したと思われてしまう。どれだけの迷惑と心配をかけることになるか……。

匠は祠になど近づかなければよかった、と後悔した。

※　※　※

匠は月白から見せたいものがあると言われ、誘われるまま外廊下を通って庭に下りた。

「足場が悪いから、連れていく」

「大丈夫だ」

匠は抱き上げられるのを拒否した。

入院中の祖母を思い、月白に頼る気分にはとてもなれなかった。小さな子供みたいに扱われるのも恥ずかしい。足に負担をかけないように、気をつけてゆっくり歩けば平気だ。

強情な匠の態度に、月白は顔に僅《わず》かに怒りを滲ませた。

それでも黙って先を歩き、人がひとり通れるくらいの幅の狭い石段の前で、匠を待っていてくれた。

匠が追いつくと、月白はなにも言わずに、ひょいと荷物扱いで匠を腕に抱き上げた。

「時間がかかる。待つのが面倒だ」

実力行使に出られて、匠が暴れて抵抗しても下ろしてもらえなかった。

月白のやり方は手荒いが、優しくないわけではないのだろう。もしかすると端境で匠を追いかけて肉離れの原因を作ったことに、多少の責任を感じているのかもしれない。

月白の話を聞いてから、生来の好奇心が疼き、こちらの世界に興味が湧《わ》いた。

どうせなら、足元より景色を見られたほうがいい。

長い上り階段の先に、隠れ家のような小さな東屋《あずまや》が立っていた。

屋根のない露台《ろだい》がついている。真ん中に設置されたベンチは、天気がいい日の昼寝に最適だ。そこから山の景色を一望することができた。

空に向かって張り出された露台の下を覗き見ると、断崖絶壁《だんがいぜっぺき》……。

匠は手すりをしっかり摑み、落ちないように軽く身をすくませた。

夕闇が近づいた緑の山脈に金色の雲がかかり、稜線《りょうせん》がピンクとオレンジの中間色に光り輝いていている。

田舎育ちで山の景色なんて見慣れているはずなのに、その美しさに呆然《ぼうぜん》と見惚れた。

空も雲も山もすべて神々しく、眺《なが》めているだけで心が浄化される気がした。

「きれいだ……」

息を呑んで視界を見渡し、声を震わせた匠を月白が見遣る。

「俺の領地だ」

「この山……全部？」

「そうだ。美しいだろう」

月白が誇《ほこ》らしげに頷く。

なにか言ってほしそうに見えたが、匠はなんと言葉をかけていいかわからなかった。

じっと見つめられて、少ししてから「すごいな」と貧困な語彙《ごい》で褒《ほ》めた。

すると隣に立っていた月白がぐいと身体を摺り寄せてきた。妙に距離が近い。

少し冷えてきたところだったので、ファサファサと激しく揺れる月白の尻尾の先が匠の身体に当たっても、ぼんやりと暖かいなぁと思っていた。

「匠」

耳元で名前を呼ばれて振り帰った瞬間、長い舌にいきなりべろっと唇を舐められた。

油断して口を開けていたため、唇だけでなく舌先にも、月白の唾がついた。

「ちょ…、やめろっ！」

「俺はずっと、待っていた」

「なにして……ッ、それはわかったが、な…っ、おい………！」

突然覆いかぶさってきた月白に、顔をかばおうとした腕を無理やり外される。

唇、鼻、頬、耳、首――。顔中を長い舌で舐められまくって、後ずさりした。

なんだ。こういう仕草は犬みたいなのか、と頭の隅で冷静に感心する。

よせ、やめろ、と何度も手で抗《あらが》って拒絶したが体格差は歴然で、力では敵《かな》わなかった。

最後に再び深く口付けられた。ざらりとした長い舌に舌を絡み取られる。

「んっ、ん…っ、ぁっ」

ねっとりときつく吸いつかれ、口腔を舐め回されながら、唇は柔らかいが舌はやっぱり人間の舌とは少し感触が違うなと思った。だがやり方にはそれほど違いはないらしい。

思いがけずいやらしいキスに、息があがる。

「なにすんだ、月白…っ」

ようやく月白が唇を離した。

平然とした顔で焦っている匠を見下ろし、またぺろりと匠の鼻の頭を舐めた。

抵抗しようと振り回した手を掴まれる。腕にぐぐっと力をこめて突き放そうとしたが、月白の力に、人間の力で対抗しても勝ち目はない。

あっさり身体を抱き上げられ、あえなく露台のベンチに運ばれてしまう。

月白はまるで獲物をしとめるのをゆっくりと楽しんでいるようで、全身から血の気が引いた。匠は恐怖にかすれた声で抵抗し、月白を止めようとした。

「ふっ…ざけん、な……っ！　……おい、なぁっ」

のしかかろうとする月白の腰の前が膨《ふく》らんでいて、興奮してサカッているのは明らかだった。下肢に固くて長いものが押しつけられ、尻尾が高く上がっている。

どうすればいい。どうやってここから、この男の前から逃げ出せるのか。

しかしとっさに打開策は浮かばず、匠は怯《おび》えた顔で身体を硬直させて目を瞑った。

「匠」

深く染み入るような声で名を呼ばれ、身体を近づけて迫られる。

「な、なに……っ」

ここで月白が敵なのか味方なのかすら、判断がつかない。

「俺は力がほしかった」

肩を強く摑まれた。その手から月白の高い体温とともに熱情のようなものが流れ込んでくる。息遣いも荒く、重ねられた身体にドッドッと心臓の血流の音までが伝わりそうだ。

このまま犯されるんじゃないかと危惧《きぐ》し、匠は覆いかぶさっている月白の背中をドンドン叩いた。だが月白はそれにはかまわずに、匠の耳元に顔を寄せた。

そして力強く宣言する。

「今ならおまえをそばに置いて、守れるだけの力がある。……匠を守ってやれる」

一瞬ぞくっと背中が震え、息を呑んだ匠の抵抗の手が止まる。

守る……？

この世界で月白の庇護《ひご》下で生きていけということか。それは、と匠が言い返しかけたとき、月白は耳朶《じだ》に息を吹きかけて信じられない言葉を続けた。

「ここで暮らすために、匠は俺のものだという証《あかし》が必要だ。祝言を挙げて、匠は俺のものになったと皆に示せば、ほかの眷属は手出しできなくなる」

「は？　なに…っ……祝言？」

「俺と結婚するんだ。それが一番手っ取り早い」

「守るって――――そういう意味なのか!?」

間近で月白と視線を見交わす。結婚、という言葉に衝撃を受けた。

こいつと婚姻《こんいん》を結ぶ？

匠の理解を超えた話のなりゆきに、ドクドクと心臓が高鳴った。

「そばにいる、と約束した」

「だから、覚えてないと言っているだろう」

欲情して熱を帯びた月白の声は真剣だった。

一途な目で見つめられて、少し胸が痛む。

「……もし本当にそんな約束をしていたとしても、俺は八歳だったんだ。そういう関係じゃなかっただろう？」

「そういう関係になるのに、俺に異存はない。匠は俺のものになるんだ」

こっちにはある。いきなり異世界に飛ばされて、帰る方法もわからないのだ。

ここで男と結婚するなんて考えられなかった。しかも相手は、人間でさえない。

「月白、人間に発情するのか？」

「抱けないことはない。初夜の楽しみにとっておくのもいいが、ここでも試せるぞ？」

ぞくっとするような色気のある声で返され、野暮な質問だったと思い直す。

すでに下肢に当たっている、凶器のようなソレが証明している。

「……俺は女じゃない。男だ。——雄だぞ！」

基本的なことを訴えてみたが、軽く一笑にふされる。

「わかっている。あちらの世界でも男色はあるだろう？」

「だん…っ……、そりゃ、まあ…」

どうやら余計な知識はあるらしい。月白は本気だ。身体の下に敷かれて、逃げられない。

「これから結婚式の準備をする。そのあいだは外に出ないで、屋敷の中でおとなしくしていろ。いいな」

月白が一方的に決めてしまう。

「ちょっと待て、俺の意思はどうなるんだ？　結婚するなんて言ってないぞ！」

「匠、ここで俺ではなくほかのものに攫《さら》われたなら、どう扱われるかわからないぞ」

守ると言ったその口で、匠を脅迫するようなことを告げられる。

「脅《おど》しかよ」

匠は精一杯腹に力を入れて聞き返す。

「違う。………これは約束だ」

月白は凄味《すごみ》のある低い声でそう言って、譲《ゆず》らなかった。

そしてにらみつけた匠に、もう一度唇を合わせてきた。


帰りもほぼ強引にかつがれて長い石段を下ろされ、ふたりとも無言できた道を引き返した。日が傾くと、あっという間に夜の闇が迫ってくる。

薄暗い空に金色の月と星。なにも遮《さえぎ》るものがない空は同じだ。屋敷の周囲にぽつぽつと等間隔に立つ石灯籠《いしどうろう》に明かりがついていて、匠たちを優しく迎えてくれていた。

匠は月白と別れ、ひとりで部屋に戻った。

一番大きな本殿と渡り廊下で繋がれたこの小さな建物は、いわゆる『奥』で、月白の寝所と私室が何室かあるだけだという。

匠は最初に通された部屋と、その隣の窓がある部屋の二室を与えられ、世話係に竜胆、護衛に木賊をつけると言われた。

監視の間違いじゃないか、と嫌味が喉元《のどもと》まで出かかった。

露台に出ているあいだに室内が整えられていた。先ほどまではなかった水差しや茶器、座布団が置かれ、匠のために着替えの用意までされている。

しんと静かな部屋で、匠は小さくため息を落とす。

旅館にあるような浴衣《ゆかた》よりも生地がしっかりした木綿と麻の単《ひとえ》の長着と襦袢、それに帯が数枚。丁寧に畳まれて置いてあるのを手にとってみる。

着物の着方がわからないわけではない。

だが、ここで服を着替えるのはいやだった。

ただの意地だとわかっている。それでも彼らと同じ格好になれば、自分がこの世界を受け入れたことになってしまうんじゃないかと悩んだ。

財布も携帯電話もなく、匠の持ち物といえるのは身につけていた服と靴だけだ。

「寒い……」

山の夜は冷え込む。

匠は肌寒さに両腕を摩り、風邪をひいては元も子もないと、着替えの中から緋色《ひいろ》の袍《わたいれ》を借りてシャツの上から羽織ることにした。

ここは匠が暮らしていた世界とかけ離れている。まず姿形が違うというのも大きな問題だ。向こうの世界にいる家族や友人、仕事のことが気にかかった。

匠はひとりでも道があるという端境に戻りたかったが、行動するにはもう外が暗い。

それにこの足では、あの距離を歩けないだろう。

「なんだよ……これ、夢じゃないのか」

今のところ、匠にはここで生き延びる手段がない。月白の屋敷で休ませてもらって、朝になるのを待つほうがいい。

それまでに人間の世界に帰る手がかりがないか探せばいい。

……まだたった一日だ。

心弱くなりそうな自分に言い聞かせる。それにしても。

「恩返しが結婚って…」

月白の話を聞いても、昔話に出てくる鶴や亀のように、狼も恩返しをするのだと暢気に感激できなかった。

とても「おまえは、あのときの……！」と素直に受け入れる気分じゃない。

なにか大掛かりな仕掛けに騙《だま》されているんじゃないだろうか……。

だいたい結婚の申し入れをするなら、匠をこちらに呼んだりせずに、鶴を見習って人間の世界でしてくれと思う。それなら、犬として飼ってやらなくもなかったのに。

しかしすぐにそんなこと実際にはありえない、と思い直す。

あんな耳と尻尾がついた男がいきなりやってきたら、やっぱり全力で逃げる。人間の世界じゃニュースになって大騒ぎだ。そうしたら公的機関に捕まって、遺伝子を調べられて……ぞっとしない光景を想像した。

「……ああ、そういうことか」

自分が今、それとは反対の立場にいることに思い至る。

それなら匠を守るために結婚する、という月白の行動に矛盾はないのかもしれない。結婚すれば、匠はここで月白の眷属になって「立場」を手に入れることができる。そして月白も匠を娶《めと》ることで「守る理由」を、ほかの眷属に対して説明できる。

「だからって、あんなプロポーズはないよな……」

なんだか約束をしたから、結婚するのが義務みたいな言い方だった。全然ロマンチックじゃない。せめて十九年前、月白に会ったときの記憶が匠にあれば、また感じ方が違ったかもしれないが、あれでは感動もくそもない。

「失礼いたしますっ。匠様、お食事のご用意ができてございます」

戸の向こうから張り切った声をかけられ、思考を中断される。

「――はい」

返事をすると、するする戸が開き、派手なピンクの着物を着た女性が挨拶してくれた。

「竜胆はただいま用事に出ております。代わりにお世話を仰《おお》せつかりました、萌葱《もえぎ》と申します。なにかございましたら、なんなりと仰《おつしや》ってくださいませ！」

「あ、はい。どうぞよろしくお願いします」

色白でぷっくりと赤く膨らんだ唇の少女だった。真っ黒いつぶらな瞳。明るい赤茶色の耳は三角。後ろに垂れたもっさりと太い尻尾の先っぽがそこだけ白くなっていた。真っ白い耳と尻尾を持つ清楚《せいそ》な美女である竜胆とは好対照だ。

「……きみは狐？」

「おわかりになられますか！　そうなんです。前に棲んでいた山を焼け出されてしまって、五年前に、お優しい御代様がこちらのお屋敷に入れてくださったんです」

萌葱は潑剌《はつらつ》とした笑顔を見せる。

つられて匠も小さく微笑んだ。

卓を出しながら興味深そうに匠をちらちらと見ていた萌葱が、ふふっと笑う。

「いきなりお嫁様を連れてこられたっていうので、屋敷のものは皆、興奮して大変なんです～。決まった方がいらっしゃるようだとは薄々感じて……諦《あきら》めておりましたけど、まさか人間だなんて……」

「でも大丈夫です！　うるさくいうものもいるかもしれませんが、匠様のことは私たちがお守りしますからっ」

卓の上に食事の膳《ぜん》と箸《はし》を置いて、お櫃《ひつ》の蓋《ふた》を手に持った萌葱が力説する。

もう結婚することが決定事項のように伝わっていることに困惑する。

「あっ、お食事なんですが、御代様はお忙しいそうで、先に召し上がられてくださいとのことでしたわ」

萌葱が月白からの伝言を伝えてくれた。

出されたのは新鮮な食材を使った焼き物。煮物。素朴な料理ばかりだが、次々と目の前に並べられる皿からいい匂いが漂ってくる。

「匠様、どうぞ」

萌葱は最後に汁物を置いて、にっこり微笑んだ。

「お酒はお召しになりますか？」

「いや、あの……お酒はいいよ」

萌葱は屋敷の庭にある桃の木の話や、月白がどれだけ慕われているかをひとしきりまくしたてた。山中で飢えて、行き倒れていたのを月白に拾われたのだ、と身の上話までしてくれた。

「お屋敷に上がらせていただいたものだけが、こうして神にお仕えするものとして人の形になることができるんです。それまで本当に、ただのぼろっぼろの野良狐でしたから、着物だとか、髪飾りだとか！　いろいろお洒落《しゃれ》できるようになって、もう楽しくって！　御代様は特定の方をお側に置いておられませんでしたから、此度《こたび》のことでがっかりしているものもおりますが、私は匠様がいらしてくださってうれしいです。なんといっても、初めて本物の人間を見ることができて感激してるんですっっ」

鐘楼門を境に、人の形をしたものと、そうでないものが棲み分かれているのだと知る。

二社山の守護として月白に神格とこの屋敷……神殿が与えられている。萌葱たちはその神に仕える神職、神官や巫女のような身分で、神の眷属としては末端にあたる。

「人間ってほかにいないの？」

「こちらでは見かけませんね。端境のあたりへいけば稀《まれ》に姿を見ることもあるようですが、同じ世界には存在していないらしいんです。それにあそこは誰の領地でもない場所だから、力のないものがうろつくと危険なんですって。噂では、こちらの世界に迷い込んできた、人間の子供の死体が見つかることがあるとか……」

表情の固まった匠に気づき、萌葱は私はよく知らないんです、と慌てて口を噤《つぐ》んだ。

「そうなのか。――その着物、可愛いね」

ピンクの牡丹柄《ぼたんがら》の着物に朱色の帯。大きな赤い簪《かんざし》も似合っていた。

「ありがとうございますっ。嬉しいです」

えへへ、とはにかんだ萌葱が首をかしげる。

いつまでも匠が料理に箸をつけないことに気づいた様子だ。

「ちゃんと焼けてると思うんですが……。匠様、もしお料理がお口に合いませんでしたら、お好きなものを教えてくださいませ。ご用意してきます」

「そんなことないけど、おなかすいてないんだ。……悪いね」

実際、喉も渇《かわ》いていておなかもすいていた。美味《おい》しそうな料理を前に手をつけないでいるのは、匠自身、拷問《ごうもん》に近かった。なるべく料理から目を逸らす。

作ってくれたのに申し訳ないが、食事をするつもりはない。困った。……どうしよう。

温かかった料理が冷めていく。

そのとき、月白が部屋に入ってきた。後ろに竜胆を従えている。

「先に食べていろと言っただろう。なぜ食べない？」

料理に手がつけられていないことに機嫌を悪くする。

匠は唇をぐっと噛んでうつむいた。

竜胆が匠を心配げに見つめる。戸口の影に木賊が跪《ひざまず》いて控えているのが見えた。

「腹でも痛いのか」

はらはらした顔で、萌葱が月白の膳を用意する。

「違う……」

月白は匠が人間の世界に戻れない前提で動いている。

聞いても答えは得られないかもしれないが、思い切って問う。

「これを食べたら、人間の世界に帰れなくなるんじゃないか？」

月白が不快げに眉をひそめ、室内に緊張が走った。

「関係ない。どうせ戻れないんだ、そんなことは心配するな」

真偽のほどはわからなかったが、その言い方にカッと怒りが沸いた。

匠は取り乱さないよう感情を抑えて、はっきり口にした。

「関係なくても、食べるつもりはない」

「食べないと身体が弱るだけだ。くだらない意地を張るのはやめろ」

膳には調理済みの料理が載せられていて、生のものは果物だけだ。

どうしてここまで食べないことにこだわっているのか、自分でもわからなかった。いやだと首を振る。

「手間をかけさせるな」

月白がため息をつき、匠の横に回り込んできた。

頑《かたく》なに口を閉じている匠の顎を摑んで、無理やり口を指でこじ開ける。

「…………う……ッグッッ」

その暴挙に、匠は月白の指先をしばらく痕《あと》が残るくらい強く噛んで対抗した。所詮《しょせん》、人間の歯だ。月白の指を噛み切るほどの力はない。だが意のままになるのはいやだった。

ふたりでにらみあう。

月白の手が、甘い蜜の匂いがしているデザートの桃を皿からひとつ摑んだ。

まだ皮つきの丸い実のままだったそれを、月白が自身の口元に持っていく。そして匠を見ながら歯で皮を剝いて、果肉にかぶりつく。押さえていた匠の口元から指を抜いて、代わりに無理やり口移しで食べさせようとする。

きゃあっ、と萌葱のかん高い声が上がった。

匠は口を噤んで桃を受け入れないようにしていたが、柔らかな果肉が潰《つぶ》されて甘い汁が口の周りにべたべたつく。つい唇が僅かに開いた瞬間、月白の舌で押し込まれた。

「ン……ッ」

悔《くや》しかったが、桃の果肉がするりと口の中に入ってきて、じゅわっと自然の濃い甘味が口腔内に広がる。もう口に入れられてしまった。匠の抵抗は無意味だ。

「ちゃんと食え」

唇を離した月白は、今度は出すなとばかりに匠の口元を手で覆った。

おかげで匠は吐き出せなくなった。ほんの少し食べ物を口に含んだだけで、空腹だった胃が刺激される。飲み込むまいと頑張《がんば》ったけれど、桃の柔らかな果肉は、匠が息をしたとたんにつるりと喉の奥へ流れて、溶けてしまった。

それを確認して、月白はもう一口桃を齧《かじ》る。甘い蜜がぽとぽと月白の手に滴った。

また顔を近づけられて、匠は畳の上で尻で後ずさる。

「やめろっ」

給仕をしていた萌葱が口に手を当てて心配げにこちらを見ていたが、手出しはできないようだった。

「暴れるな。口をあけろ」

「いやだって……！　よせっ、ング……っ」

桃をまた口移しで押し込まれる。ふたりとも顔や手、衣服がベタベタになっても気にせず続ける月白に、竜胆が控えめに咎《とが》めるような声を出す。

「御代様、お着替えをなされたほうが……それからなにか拭くものを……」

「あとにしろ」

邪魔をするなと言わんばかりの声に、竜胆も押し黙る。

月白は桃のあと、違う料理の皿にも手をつけた。口移しや手づかみで匠に無理に食べさせるという野蛮な行為を何度か繰り返す。

戸口の側にいる木賊は月白の振《ふ》る舞《ま》いに眉をひそめたものの、動かなかった。

誰も月白を止められないのだ。

またもや料理を口にいれた月白の唇が近づいてきて、匠は諦めて叫んだ。

「もういいっ、いいって、自分で食べるから……っ！」

※　※　※

夜になって竜胆が匠のために寝床を用意してくれた。匠は寝ないでただ身体を休めて、朝になったらここを抜け出して、ひとりで端境へ戻るつもりでいた。

だが身体を布団に横たえたら、気絶するように意識を失って寝入ってしまった。

くたくたに疲れていたのだ。そして明け方目が覚めたとき、月白がそばで寝ていた。

抜け出そうとしたら尻尾が揺れて、起きているのだとわかった。

匠の計画が読まれていたのかと驚いたけれど、仕方なくこっそり出ていくのは断念した。

まだ端境に戻るのが一日延びただけだ。

落ち着いて行動したほうがいい、と自分を納得させた。

翌日、匠は月白の思いどおりにさせられることに反発して、拗《す》ねてほとんど月白と直接口をきかなかった。匠の意味のないハンストはあっさり月白に覆《くつがえ》された。

月白のやり方を押し通されるようで悔しかったが、疲労と空腹に負けて、それからは普通に食事をして過ごした。

二日目の夜も、匠は布団に入って、今度こそ日が昇る間際に抜け出そうと考えていた。しかし空がうっすらと白み始めた頃、匠が寝返りをうつと、いつ来たのかわからないが月白が隣で横になっていた。

……まただ。

月白の寝室は別にあると聞いたのに、わざわざ匠の隣で寝るのは、どういうつもりなのか。見張りなのか、それとも一緒にいるという約束を几帳面《きちょうめん》に守っているのだろうか……。

月白が身じろいだので、匠は慌てて開きかけた瞼を閉じて寝たふりをする。

顔に顔を近づけてくるのが気配でわかった。

前髪に手を触れられて、匠はそっと薄目を開ける。

月白の満悦した表情と視線がぶつかった。どきりとしてばっちり目を開けてしまう。

「………ン」

匠はいかにも今目覚めたというように寝ぼけたふりをして、目元を擦った。

少し前から起きていたとばれるのは、なんとなくばつが悪かった。

匠が逃げ損ねているうちに、屋敷内では着々と婚礼の準備が進められている。

結婚式を執《と》り行うのは五日後。

それも勝手に決められた。準備にそれだけかかるというが、それにしたって早い。まだ匠が結婚すると承知したわけではないのに、心の準備もできないまま屋敷の使用人たちから「お嫁様」と呼ばれて、居心地の悪さは格別だ。

彼らに悪意はないとわかっているので、責めることはできない。

結局、匠の頑なな態度はことごとく月白に崩された。服だって力づくで着替えさせられた。竜胆と萌葱は賢くもどちらの味方にもつかない。

嵐がひととおり収まってから、うまくとりなしてくれる。月白の横暴さは匠を愛するがゆえだとにこにこして告げられると、ため息をつくしかなかった。

山の朝はしんしんと底冷えして、目が冴《さ》えてもしばらく布団を手放せない。

匠は布団を鼻の上まで深くかぶった。ちらりと横を窺《うかが》い見る。

月白も二度寝することにしたらしく、目を閉じていた。

……なんか、そういう姿は普通だなと笑ってしまう。

月白の寝顔は可愛くないが、布団からはみ出たふっさりした尻尾を見ていると、言い争って意地を張ったのがばかばかしくなる。

匠の意思を無視して、どんどん話が進められていくのが怖かったのだ。

匠はむくりと起きて手を伸ばし、丸まった尻尾に触れてみた。

不思議だった根元は、着物のお尻にあたる部分に切り込みが入っていて、そこから尻尾を出しているのだとわかった。ふっさりした尻尾は好みの質感で、触っていると癒《いや》し効果で月白への腹立たしさが少し薄れていった。

何度も尻尾を撫でていたら、月白が身じろいだ。

すでに遅いが一応確認する。

「尻尾に触っていいか？」

月白が喉元で笑った。

「そんなに尻尾が気に入ったか」

「ああ、気に入った」

素直に頷く。

月白は十九年間、何度も端境を訪れていたと言った。ただ匠の姿を見るために。

——交わした約束を果たそうとして。

約束を覚えていないことは匠の負い目だ。

だけど匠だって、これまで生きてきた自分の人生を簡単に捨てられない。家族もいる。

別に月白を嫌いなわけではない。初日は恐怖を感じることもあったが、この屋敷で飢えと寒さをしのげて、安心して眠れる環境を与えてくれたのだ。

それでもすぐに結婚、と言われると男として戸惑わずにいられない。

結婚してここに残れば、今まで匠が関わってきたすべてを捨てることになってしまう。

一生の問題だ。

まだ空は明けきっていないが、もう三日目だという焦燥感《しょうそうかん》にさいなまれる。

長くいればいるほど、人間の世界に戻れなくなるような気がした。

「目が冴えたのか。起きるか」

尻尾を撫でてぼんやり物思いに耽《ふけ》っていた匠に、月白が優しい声で聞いた。

昔から犬や猫が好きで、柔らかな毛並みに無性に触れてみたくなる。だが耳はまだしも、下半身に触れるのはなんとなく卑猥《ひわい》な感じがして、竜胆や萌葱に触らせてくれとは言いにくかった。

月白も尻尾をしつこく触ると迷惑そうな様子だった。匠は名残惜《なごりお》しげに尻尾を離す。

狼にとって尻尾は弱点でもあるらしく、昨日、匠が月白の尻尾を引っ張ったら、あとで竜胆に「なにをなさるんですか」と驚き呆れられた。

内心、月白だって触れられるのはいやなのかもしれない。それでも匠が手を伸ばせば届く範囲に、月白の尻尾が置いてあることが多かった。

……匠が拗ねて口を利かなくても、尻尾を触れるほど近くで、一緒に寝て、一緒に食事をしてくれている。

月白はただ約束を果たしているのか。

匠が遠くへ行かないように監視しているのか。それともただ心配だからか。

月白は匠に、もう人間の世界に戻れないと告げた。

だが匠は以前の神隠しのとき、自宅に戻っている。血筋の問題かどうかは不明だが、祖母が同じ目にあっていたのだとしても、祖母も人間の世界に戻ってきた。

「向こうに帰りたい。……俺を育ててくれた大事なおばあちゃんが、難しい心臓の手術をするために入院してるんだ。心配なんだ。そばについていてあげたい」

最悪、無断欠勤をしてしまった仕事はクビになっても仕方がないと諦められる。けれど真紗子にとって、匠の代わりはいないのだ。

「どうして人間の世界に戻れないんだ？　俺は一度ちゃんと帰ったんだ」

あのときはどうしたんだろう。いったいどうやって元の世界に戻ったのか。

そもそも八歳のとき、どうやってこちらの世界に来たのか。

知りたくて、匠は月白を問い詰める。

「なのに今回だけ、戻れないわけがない。そんなのおかしいだろ！」

月白が身を起こして布団の上であぐらをかいた。そして匠を見つめ、静かに口を開く。

「人間は普通、端境を越えることはできない。ただ大きな神事がある土地は、神々が物見で移動するから、その時期だけ道が繋がりやすくなるようだ」

「祭り……」

久龍天神社の一番大きな大祭礼は、二十七年ごとに行われる。地元総出で協力しあう大規模なものだ。前にあったのは十九年前。

……過去に神隠しにあった年で、祭りのさなかに匠は行方知れずになった。計算は合う。

神隠しのあと、匠は山に出入り禁止にされた。それで家族と大喧嘩《おおげんか》したインパクトが強く、親戚に頼まれて手伝ったはずの大祭礼のことは、うっすらとしか覚えていなかった。

「その時期に端境を越えて紛れ込んでくるのは、たいてい無垢《むく》な魂を持った子供だ」

「そのときなら、道が繋がって移動できる？」

次の大祭礼は八年後だ。そのあいだは三年おきに小規模の祭礼がある。

どちらにしろ、今年は祭りが行われない。

「端境を人間が越えるのにはいくつか条件がある。力のあるものが、あるいは相手を認識して運が重なれば、こちらへ引き寄せることができる。だがこちらから人間の世界に行けるのは、成人していないものだけだ」

「俺はもう大人だから、呼ばれて来ることはできても、向こうには戻れないってこと？」

二十七歳。いい大人なのは動かしようのない事実だ。無垢でもない。

「そうだ」

月白の言葉を信じるなら、匠は二度と人間の世界に戻れない――。

とうていすんなり納得できなくて、諦めるのは匠にとって容易なことではなかった。

※　※　※

匠は本殿にある広間で、竜胆に採寸されて衣装合わせをしていた。

その前に結婚式の段取りについての説明を受けた。

結婚の儀が行われるのは本殿にある桃花堂《とうかどう》――庭に珍しい桃の木が多いから、そう呼ぶのだそうだ。月白よりも上位の近しい神々を前に、ふたりで結婚の誓《ちか》いを交わす。そのあと、桃花堂から出発して花婿《はなむこ》の口取りで馬に乗り、本殿に向かうのだという。

花嫁行列だ。花嫁はほとんど顔を見せず、距離は短いが、二社山の主が花嫁を迎えたと領内のものに知らせる。

「婚礼が三日三晩続くっていうのは本当なのか？」

「はい。そうでございます」

一日目に結婚の誓いを交わして、二日目は二社山と山に属する狼の眷属、いわゆる身内への紹介をする。そして最後の日に、ほかの眷属たちへも二社山の花嫁を披露する。

「人間は……俺のいる世界じゃ一晩ですむ。結婚式なんて一時間もかからない。宴席があっても二、三時間ですむものだ」

「左様でございますか。では、匠様には頑張っていただかないとなりませんね。そうそうあることじゃございませんもの」

「それなら準備期間が短すぎるんじゃないか？」

「たしかに少々驚きましたが、一日も早く、との御代様のお考えです。匠様にはご不自由をおかけしていたらぬ点があるやもしれませんが、どうぞご容赦くださいませ」

「そんなのはかまわないけど……」

「お色味は、こちらとこちらでしたら、臙脂《えんじ》色のほうが匠様のお顔に映えると思いますわ。よろしいでしょうか」

女性ではないので、衣装合わせといっても花嫁衣装にこだわりがあるわけもない。

「どっちでもいいよ」

早々にうんざりしてしまっていた。

男の花嫁というのはあたりまえだが珍しいようで、それも匠を悩ませた。

さすがに月白の顔を潰すような真似はできないと思う反面、承知したつもりはないのに、あれよあれよというまに結婚話が進んでしまうことに、危機感を覚える。

生地や柄、デザインの選択は萌葱と竜胆にほぼまかせた。彼女たちの提案を受け入れる形で、白無垢、黒引き振袖《ふりそで》、深い紅色の色打掛けの選定と仕立てが進んでいく。

鬘《かつら》や小物の合わせも、彼女たちに言われるがままに頷いた。

匠が飽いているのに気づいた竜胆が、小さく微笑む。

「探し物をしにいった萌葱が戻ってまいりますまで、少し休憩にいたしましょうか」

衣装を広げるために連れてこられた畳敷きの広間は、匠の知っている田舎の公民館より広い。どちらからでも出入りができるよう三方を襖《ふすま》に囲まれている。

木賊は広間の隅で見張りをして控えていたが、会話はほとんどなかった。衣装や小物を持って出入りするものがいても、竜胆と萌葱以外はあまり匠に話しかけてこない。

萌葱はお嫁様がきてくれて嬉しいと言ってくれた。竜胆はいやな素振りなど一切見せない。だが木賊の態度を思えば、この屋敷で匠は歓迎されていないのじゃないかと思えた。

「あんっ、見えないったら」

「押さないでっ、ちょっと！」

「きゃあっ」

ひそひそと小さな声のあと、ゴンっと床になにかを打ちつけたような音がした。

匠が声のしたほうを振り返る。襖が半分ほど開いていて、毛のついた大きな耳をした四人の若い娘たちがこちらを覗いていた。可哀想に一番下の女の子が潰されかけている。

「――大丈夫か。ぶつけて痛くないか」

匠はつい声をかける。

「はい、お嫁様！」

元気な返事があった。

間をおかず、背後でパンパンッと手を叩く音がした。竜胆だ。

「おまえたち、わかっているでしょうね。お話するのは婚礼が終わるまでお待ちなさい」

「失礼しましたっ」

女の子たちが狼の尻尾を丸めて、一斉にばーっと逃げていった。それに竜胆が苦笑する。

「匠様。あのものたちは見習いなので人間と話してはいけないのです。……見なかったふりをしてくださいませ」

「それはいいんだが、彼女たちは人間と話してはいけないのか？」

衣装を汚さないように片付けて、竜胆がお茶の用意をする。

「……住む世界が違いますから、あまりよいことではないですね。もっとも、人間と出会うことがめったにないのですけど。匠様の場合は、ご結婚なさってこちらの方になられるまでは、不届きものにいやな思いをさせられるかも知れず……それまで、御代様は大事に匠様を隠しておかれたいのではないかと存じます」

悪戯《いたずら》っぽい笑みを湛えながら、竜胆が卓を出してお茶を淹れてくれる。

「木賊が話さないのは、それと関係があるのか？」

「あれは御代様が拾った山犬で、狼の眷属ではございません。口数が少ないのです。御代様に少々思い入れがすぎるようですが、木賊は忠義者でございますから、お気になさらずとも大丈夫ですよ。……どうぞ、芋をふかして練ったものにございます」

匠は花の香りのするお茶をずずっと飲んで、おやつに出された芋菓子を口に運んだ。口の中で、ほろりと自然の甘さが溶ける。

そこに萌葱が戻ってきた。

「匠様、見つかりました〜。とっときの総刺繍《そうししゅう》の帯ですっ。きっとこれで御代様を悩殺できますよ！」

金糸銀糸がふんだんにあしらわれた、めでたい柄の豪華な帯を手にしている。

「萌葱、はしたない」

竜胆の静かな一言に萌葱は小さく肩をすくめたが、匠に向かってウインクしてくれた。

休憩のあとで衣装合わせが再開され、なんとか一通り終えると竜胆が足の具合を心配してくれた。

「お歩きになられるのに、まだ痛みはございますか」

よくなってはいたが、引きつれるような違和感が若干残っている。

「少し変な感覚が残っているんだが、歩くのはもう支障《ししょう》がない」

「よかったです。もうしばらく安静になさってくださいませ。匠様。こちらへどうぞ」

萌葱がお茶とお盆を持って下がり、匠は竜胆に縁側に連れていかれた。

「少し足を薬湯に浸けていただいてから、巻きなおしますね」

足に巻いていた布を外された。用意されていた木桶の濁った緑色をした薬湯に足をいれる。どろっとした感触がした。刺激は特にない。

匠は竜胆の真っ白いふわふわの柔らかそうな耳を見つめた。萌葱と違って、竜胆は必要なこと以外あまり話さない。けれど問いかければ、なるべく教えてくれる。匠が月白と結婚するため、早くこちらに慣れるよう気遣ってくれているのだろう。

少し胸にひっかかっていたことがあって質問する。

「——竜胆はよく見る夢ってある？」

ちょっと戸惑ったような顔を見せてから、頷いてくれた。

「あります。魚の頭の部分が一番美味しいんですけれど、鮭《さけ》が獲れても私がいただけるのは尻尾ばかりで、なかなか食べられる機会がなくて……それをよく夢に見ます」

萌葱ならさもありなんだが、竜胆の口から食べ物の夢の話が出てくるとは意外だった。

「その夢の中の鮭は食べられるの？」

「……料理は並ぶんですが……口には入りません」

いやしい話で、と恥ずかしそうにうつむいた竜胆が可愛らしかった。

「じゃあ、今度俺が魚を獲ってきてあげるよ。さすがに鮭が釣れるかはわからないけど、川釣りは得意なんだ」

「まあ、匠様。ありがとうございます」

※　※　※

婚礼準備で屋敷内が慌しくなっている。

この数日、月白は外出が多い。必要なところへ結婚の報告をしにいっているというが、詳しいことは教えてもらえなかった。

足はだいぶ回復して、歩くのにはほとんど支障がなくなっていた。

外に出るなと言われていても、じっと屋敷にこもっているのはつらいと竜胆にさりげなく零《こぼ》した。

「御代様に甘えられてみるといいと思います。きっとお願いを聞いてくださいます」

「……」

可愛らしくねだることはとてもできそうになかったが、匠は勇気を出して、月白に端境に連れていってほしいと頼んでみた。

一言目に、端境は危険だから駄目だと言われた。

「俺はもう何日も屋敷から出てない。散歩くらいならしてもいいだろう？」

「そうだな…。外に出たいなら、俺が領内を案内してやる。これから出かけるが、明日の朝には戻る」

ひとりでは出歩くなよ、と月白は匠に釘を刺して出ていった。

翌日の早朝。

匠は月白と一緒に鐘楼門を出て、領地内を見て回った。

匠がもともと着ていた服は洗って返してもらっていたけれど、こちらではかなり目立ってしまう。注目される原因になると気づいて、着るのをやめた。

小豆《あずき》色の着物を着ている月白に合わせて、鶯《うぐいす》色《いろ》の着物を選んだ。足元は草履や下駄で滑るのを忌避《きひ》し、匠が向こうの世界から履《は》いてきた運動靴にした。

アンバランスでもそれが一番足に負担をかけない。

「空気が……違う」

同じ山の中でも、月白の屋敷の周辺だけ特に大気の密度が濃く、清浄で凛《りん》とした独特の空気に包まれている。意識してみれば「領地」とそうでない場所で、はっきり大気に違いがあることを肌で感じた。

それが「結界」のせいなのか、標高の問題なのかははっきりしなかったが、ここにくらべれば端境の空気は「外」だ。連れてこられたときには、動転していて気づかなかった。

「あれはなんて草？　紫の小さな花がついてる」

木々の葉も花も、朝露に濡《ぬ》れて美しかった。

「知らん」

こんなふうに月白と、ゆっくりデートらしきものをするのは初めてだ。

結婚直前だというのに、月白と圧倒的に話し合いが足りなくて意思の疎通《そつう》がなってない。

月白は景観のいい場所を案内してくれるつもりだったようだが、匠が小さなことでいちいち立ち止まるので全然進まない。

ふらふらと興味のあるほうへ寄っていく匠を見守るように、後ろから月白がついてくる。

「水の音がするのは？　空気も柔らかいし……川はないのか？」

耳をすませて水音が聞こえるほうへ歩き出す。

水気の源は滝だった。何メートルにも渡って、山肌を幾筋もの水が音もなく流れ落ち、その下には溜まらずに地面に吸い込まれていく。

地中深くに伝っていく水は地脈をとおって、いずれ川に合流するのだろう。

小さな頃から、水辺が好きだった。

小川を探して散策する。沢を渡り歩いているうちに、色とりどりの美しい蝶《ちょう》が羽根を七色に煌《きらめ》かせ、水を飲んでいるのに出くわした。つい立ち止まって見入る。

「少しはここが気に入ったか？」

「……もっと出かけてみないとわからない」

匠は屋敷内に閉じ込められている鬱憤《うっぷん》を軽くぶつける。

「結婚したあとなら、いくらでも連れ出してやる」

本当は、月白のせいでこちらの世界に呼ばれたのだと責めたかった。

だけどそれはきっと、口にしてはいけないことだ。過去の約束を匠は覚えていないのだから、それを言い出したら堂々《どうどう》巡《めぐ》りになって、状況はなにも変わらない。

……月白はただ、昔の約束を果たそうとしているだけだ。

匠は水の流れを辿《たど》って小川を見つけ、清らかな水流に手を浸した。とても冷たい。川を見つめて、気になっていることを口にする。

「俺、ここに来てから同じ夢ばかり見るんだ」

「夢？　どんな？」

「向こうでもときどき見ていた夢で、山で遊んでるときに滝つぼに落ちるんだ。水底がすごく深くて、引き摺り込まれる。最初は溺《おぼ》れて息ができなくて苦しくて、でもそのうちふっと水圧が変わって、水の中でも平気になる」

入院中の祖母が心配だから、祖母の夢を見るなら納得できる。だが、ここに来てから、連続して水の中に沈む夢ばかり見ている。

なにかの暗喩《あんゆ》なのか、それともまた水に落ちるのか……。

「ここで川に落ちるなよ」

同じことを考えたのか、月白はからかい混じりに言って、とっさに匠を抱き寄せた。

匠は大丈夫だ、と言って拘束するその腕を解かせる。

「前にも二度、夢じゃなくて本当に沢に落ちたことがあったんだ。それで死にかけた」

「――どうして懲りない？」

呆れ気味の声に、匠は目を伏せて微笑んだ。

「同じことをよく言われるよ。一度目は子供の頃で、遊んでいて足が滑って落ちたんだ」

言いながら川原の石を踏みしめる。

匠が足元のバランスを少し崩すと、月白に焦ったような声で注意される。

「本当に気をつけろ」

「わかってる」

思えば最初にその夢を見たのは、沢に落ちて生死の境をさまよっていたときだ。

救助されたときには水を大量に飲んでいて、なかなか意識が戻らなかったそうだ。いくら泳ぎが得意だからって実力を過信するな、と大人たちに叱られた。祖母にも母親にも泣かれ、あのときはさすがに向こう見ずな行動を反省した。

夢では、息ができなくなったあたりで、白龍が猛スピードで溺れた匠を助けにきてくれる。それはスペクタクルな光景で、アトラクションのようでもあり、匠はその白龍に会えるのが嬉しかった。だから溺れるのをそれほど恐れていない。

きっとまた大丈夫だという根拠のない自信がある。

二度目は車を運転していたときだ。

山道の登り坂の急カーブ手前で、無理な追い越しをかけられた。

危ないな、と思いながらも匠は道を譲った。そこにタイミング悪く対向車が現れて、前に出た車が対向車を避けようとして横から衝突され、はじき出された。

運転席にいた匠は車ごと下の沢へ転落した。幸運にも木々に助けられて、奇跡的にほとんど怪我をせずに助かった。車を引き上げるのがなにより大変だった。

山で何度も危ない目にあっているのに、命拾いして帰ってくる匠を周囲の大人たちは山の神様の子供なんじゃないかと言うようになった。

そして両親は匠をコントロールしようとすることを、いつしか諦めたようだった。

「心配かけて反省はしたけど、懲りてたら俺は今頃ここにいない」

親の言いつけを守って、一生、あの祠に近づかなかったら月白との再会はなかった。

いいことなのか悪いことなのかわからないが、匠は他人の忠告よりも自分の直感で行動するタイプだ。

「俺と会ったのは運命ということだな」

匠は思わず月白を二度見した。

にやにやした笑いを引っ込めた、真剣な顔。

口説いているつもりなのか、本気なのか、からかっているのか。

涼やかな風が渡る川面を魚がいないか中腰で眺める。腰のあたりに熱い視線を感じた。

「……なに？」

月白がにやりと口の端を上げて、いつもの表情に戻る。

「いや、匠が懲りずに川に流されていきそうだと思ったんだ」

「たしかに溺れたことはあるが、泳ぐのは下手じゃないぞ。水泳大会でメダルも取ってる」

匠の言い訳に、月白がフッと鼻で笑った。

「もう川はいいだろう」

流される前に移動しようと月白に手を取られて戻される。ここまではつかず離れずで歩いて来たが、手をぎゅっと握られた。振り払おうとしたが拒否されて、手を離そうとすればするほど、ますます強く握られる。

「明日、匠は俺の花嫁になるんだ」

もういいかと力を抜くと、今度は親指で手の甲を、人差し指と中指で手のひらを意味ありげに擦られ、もっと具体的に肌を合わせることを想像させられた。

ここへ来た最初の日――。

発情した月白に襲われかけた。つまり、さっきから横を歩くときや、後ろ姿にもまといつくような月白の視線を感じるのは、そういう目で見られているのだ。

「………」

誰かと手を繋いで歩くなんてひさしぶりだった。匠は月白の手の体温を強く意識した。

しばらく歩いて須美《すみ》ヶ丘と呼ばれる場所に着くと、月白がようやく手を離してくれた。

なんてことのない高台の草地だが、ここから周辺の山脈を遠くまで見渡せるのだという。

月白は眺めのいい場所が好きなんだなと思った。

二社山の主としては、領地を見たいのは当然かもしれない。

「匠、足はどうだ？」

「問題ない」

少しでも痛いといえば、すぐに抱き上げられて連れ戻されそうだ。

「こっちに来い」

月白は景色を眺めるのに、ちょうどいい場所にある大岩に腰を下ろしていた。ややゴツゴツした横長の楕円形に近い大岩だ。匠は月白と少し距離をあけて、軽く腰掛けた。

月白が「他人行儀だな」と言って、近くに座り直して匠の腰を抱き寄せた。

匠は少し戸惑ったけれど、今なら言えそうだと思った。

時間が経つにつれて、端境への道筋があやふやになっていくことへの危機感を覚えている。仮にひとりで抜け出しても、迷わないで辿りつける保証はない。

「……月白。やっぱり俺を端境に連れていってくれないか？」

「そんなに帰りたいか。そんなことをしても無駄だ。あそこは危険だと言っただろう」

しつこいと言わんばかりに苦笑された。

匠は深いため息を落とす。

黙って空を仰いで、雄大な眺めをゆっくり見渡した。二社山からの風景とどこか似ているようにも思うが、まったく違う気もする。濃い朝霧《あさぎり》がたちこめている。

風の渡る葉擦れの音……。鳥の囀《さえず》り。

山の稜線から空に向かって幻想的な薄オレンジの光が広がっていく。その上に浮かぶ白い雲は、筆で打ち寄せる波を描いたようだった。

「結婚して、ここにいろ。あちらの世界のことは諦めろ。ここだってそのうち気に入る」

匠が違う景色を重ねて見ていることに気づいた月白が言った。

少し悲しげな声音に胸が痛んだ。

匠は拗ねて意地ばかり張って、月白がしてくれていることに素直に感謝できていない。

食事の無理強いをさせられたのは匠も悪かったのだし、それ以外では過保護なきらいはあるが大事にされていると思う。どうしてそこまで、と感じるほどだ。

「月白は、俺と結婚して後悔しないのか？」

「後悔？　なぜだ。長いあいだ待たされたというのに、するわけあるか」

月白が頑固に約束にこだわりすぎているのじゃないかと思って、自分でいいのかという気持ちがあった。昔の口約束のために、我慢《がまん》させているんじゃないかと思う。

「だって俺は人間で、男だし、若くもない。早まって結婚して、利益になるようなことはひとつもないだろう。結婚しなくても、俺がこの世界にいられる方法はあるんじゃないか。……人間の世界に帰ることだって、方法を探せば可能かもしれない」

月白の立場でそんな伴侶を得ることに、意味があるのか。

「俺は匠と結婚する。俺のものにして、誰にも手出しさせないようにすると言っただろう」

強く言い張られてどきりとする。

「なんで俺を月白のものにしたいんだ？」

「…………好きだからに決まってるだろ」

過去の約束をたてに結婚を迫られても、気持ちをはっきりと言葉で言われたことはなかった。けれど月白のまなざしは、最初からまっすぐ匠を見ていた。

琥珀色の瞳に見つめられ、匠は言葉を選ぶようにゆっくり口を開く。

「…月白は、俺のことが好きだから、結婚するんじゃないと思ってた」

「なぜだ」

「俺と結婚したいんじゃなくて、俺に助けられたから、恩を返すために結婚するって言っただろう？　だけど俺はもう成長して、月白と初めて会ったときとは、見かけもだいぶ変わっている。……婚姻は形だけってことにしてもいいんじゃないか」

「形だけとは？　変わったって、俺は匠をちゃんと見つけただろうが。子供を抱く趣味はないぞ。匠が交われる年齢になって戻ってきてくれて、よかったと思っている」

「まじわ……っ……」

言葉の選択はアレだが、心配は杞憂《きゆう》に終わってしまった。

え？　本当に、ずっと匠にそういう目を向けていたのかと、動揺させられてじわじわ匠の体温が上がる。

「その、だからそういうことをしないで、ただ籍だけいれるっていうか、えーと……籍じゃなかったら、なんていうんだ？　結婚式を挙げて、夜……一緒に寝るのはナシっていう関係でも……俺は、男色の経験はないんだ……だから……」

しどろもどろでなにを言いたいかわからなくなり、最後はひどく小さな声になった。

「それが不安なのか？　十九年も待った匠がここにいるんだ、一日だって早く結婚して、抱きたいと思っている。さっさと皆に匠は俺のものだと知らしめたい」

言葉とともに、額とこめかみを月白の舌に舐められて腰がひけた。両腕を腰に回されて、横から抱きしめられる。月白の顔が見えない。

抱き上げられることはあっても、こんなふうに抱きしめられたのは初めてだった。

すぐにでも既成事実を作ってしまいそうな雰囲気に、ここで押し倒されやしないかとドキドキした。長着なんて裾をめくられれば終わりだ。

「ちょっ……と、待てっ」

慌てて声を上げる。

「匠が迷っているのはわかっている。すぐには生まれて育った人間の世界のことを忘れることはできないだろうし、生活の違いに戸惑うこともあるだろう。——俺は、ここで匠を必ず幸せにする。この先もずっとだ。だから俺の前から黙って消えないでくれ。大切にすると誓った相手と離れるのが、どれほどつらいことか。……頼むから、約束を守って、ずっと俺のそばにいてくれ」

月白の声は苦しそうだった。

手っ取り早い、などという言葉で片付けられた最初のプロポーズとは違う。

抱かれた腕の強さから、触れた箇所から、月白のせつない気持ちが伝わってきて、ぐらりと心が揺れた。……月白を、悲しませたくないと思う。

「俺は………結婚はしてもいい。だけど、条件がある」

匠はこの数日、悩みながらもぼんやりと頭の中にあった考えを口にした。これまで月白と結婚することをすんなり受け入れられなかったけれど、心を切り替えてみようと思った。

「条件？　言ってみろ」

「ひとつめは……月白の尻尾に触らせてくれ。触ると落ち着くっていうか、撫でるのが好きで、触るのが気持ちいいんだ。俺が結婚したら、俺の耳と尻尾もそうなるのか？」

「尻尾か。よほど気に入ったんだな。好きなだけ触ればいい。婚姻を結ぶのは契約であって、それによる代価は正当な地位と寿命だ」

「……寿命って、俺の寿命が延びるのか？」

「こちらの世界にいる限り、伴侶となった相手の寿命に繋がれる。ずっと一緒にいるという契約だ。そして俺が死なない限り、匠が死ぬことはない。一蓮托生《いちれんたくしょう》になるんだ」

「けど俺は人間だ。俺と繋がったら月白が短命になるのか？　え…っ？」

「ならない。寿命は力の強いほうに繋がれる。力がなくなると死期が近いことを悟るから、そうなれば山の守護は次代に譲って、ふたりで隠居だ」

ひとりだけ取り残される可能性がないと知って、嬉しかった。

「そういうことは早く言えっ」

「ずっとそばで守ると話したぞ？」

月白はいつも説明が足りないと思う。行動力じゃなくて、言葉が不足している。

「それはそうだが……。尻尾は、今だけじゃなくて、喧嘩しても、機嫌が悪くても、いつでも俺が触っても怒らないでほしい」

いつでも許可を取らずに触り放題の確約がほしかった。

過去の記憶のない匠からすると、出会ってたった一週間の相手が伴侶になるのだ。打ち解けるのにもう少し時間がかかる。

月白は婚礼準備のために外出してばかりだったから、匠が興味を示した尻尾は、ふたりでいるときに月白に近づくとっかかりになると思えた。

それを見透かすように月白が微笑んだ。

「わかった。まだあるのか？」

ひとつめは言うなればオマケで、こっちのほうが本題だ。

「これで最後だ。もし、俺が人間の世界に帰る方法が見つかったら、帰してくれると約束してほしい」

「……それが条件なのか」

「そうだ」

月白が言ってくれたとおり、家族がいて友人がいて、二十七年間、匠が築いてきた社会がある。端境を越えて、まだたった一週間。

月白と結婚してこの世界で生きる選択をしても、今までのことを全部諦めて、捨ててもいいなんて思えなかった。人間の世界に戻ることはもはや夢かもしれないが、人間の自分を捨てられない。それが正直な気持ちだった。

「その条件を飲むなら、抱いてもいいのか」

ここまで要求しておいて、いやだなんて言えない。

「……いい、よ」

長い時間が経って、ここでの自分の存在がずっと重くなって、少しも揺るぎなくなったら、こうなる運命だったと受け入れて、いつかその夢を手放せる日が来るかもしれない。

長い沈黙のあとに、月白が「約束しよう」と言ってくれた。

※　※　※

今宵《こよい》は桃花堂で二社山の主、月白の結婚式が執り行われる。

朝から大勢の客人を迎える準備で、屋敷に暇なものはひとりもいない。気の早い客たちが集まって、すでに披露宴の会場では酒宴が始まっているとも聞く。

「匠様。そろそろお着替えのお支度をさせていただいても、よろしいですか」

「いや、ちょっと……」

どうしよう。匠は正絹《しょうけん》の襦袢姿で控え室をうろうろする。

人間の世界では和服を着る機会があっても、普通のパンツを穿《は》いていた。それがこっちの下着はただのさらしの一枚布……褌《ふんどし》だ。締め方のコツがよくわからなくて、匠はどうせ外から見えないものだし、とまればいいと適当につけていた。

しかし神聖な誓いをするのにそれでは失礼だし、ときどき緩んでしまう。今日は長丁《ながちょう》場《ば》で、白無垢衣装を着付けてしまえば気軽に脱げない。花嫁行列で馬にも乗る。

「どうした、匠。………なに摑んでるんだ？」

もう一度締めなおそうかと襦袢の上から触って悩んでいたら、月白が様子を見にやってきた。こちらもまだ正装に着替えていないようで、白の単衣《たんい》を着ている。

匠が不安な顔で手で押さえている褌に気づいたように近づいて、着衣越しに触ってきた。

「少し緩いな」

匠が困惑顔になると、月白がにやにやして「直してやる」と言った。

さすがに竜胆には聞きにくくて、匠は控え室の隅で、襦袢の前を開いて自己流でつけていたのを月白に見せる。

へたくそだ、と声を出さずに笑った月白を軽くにらむ。

「慣れてないんだから、しょうがないだろ」

「ああ、そうだったな」

匠の反論になぜか嬉しそうに頷き、しっかりと緩まないように褌を締め直してくれた。

「ここをねじっておくと出し入れはしにくくなるが、外れたりずれたりすることはない」

「わかった。ありがとう」

女性ならば下着なしで肌襦袢を着ればすむ話でも、男の匠はやはりあそこがしっかり固定されていないと、気になって落ち着かない。正直ほっとした。

「そう緊張するな。今宵は式のあと顔見世はない。ただ座っていればいいだけだ」

匠は月白を見返す。結婚する、と心を決めてしまえば迷いはなくなっていた。

「結婚の段取りは理解できたか？」

「うん……」

祝言には三夜かかる。一夜目に身体を繋げ、二夜目に心を通わせ、三夜目に奥方となった花嫁を大々的に披露することになっていた。

「結婚式に参列するのって、どのくらいの人数なんだ？　そんなにあちこちから見にくるわけじゃないんだろう？」

「まあな。この国の守護の中心となっているような上《うえ》つ方々《かたがた》は出てこられない。式に参列されるのは白狼《はくろう》様、それと大神《おおがみ》様の側近の方が何名か見届けにいらっしゃる。披露宴の方は興味半分で、あちこちの守護方が顔を出すだろうから、それなりの人数になるだろう」

「いろんな神様がくるのか？」

自分の結婚式のために多少なりとも神々が動くのだ、と緊張した。

「ああ。上位の方々とまみえる機会はそうないから、よく見ておくといい」

そのとき、竜胆に声をかけられた。

「匠様、お化粧のご用意ができております」

匠は出ていこうとした月白を思わず心細い声で引き止める。

「月白…っ」

振り返った月白と目を見交わした。

「どうした」

どうせすぐに会えるというのに、なにをやっているのか。しかもこれから婚礼の儀を行うのだ。打ち合わせした進行からすでに匠の着付けが遅れ気味だ。

「………ツン」

ペロリと舌先で舐めるようにして、月白が唇を合わせてきた。口腔内を探られ、匠の頬が上気してうっすらと赤くなる。

「花嫁衣裳を楽しみにしている」

顔を離した月白がそう言って微笑んだ。

……楽しみにされるほど似合うわけもない。

それが少しせつなかった。

「さあ、おふたりともお気持ちはわかりますが、くっつくのは夜のお楽しみになさってくださいませ。どうかお着替えをお急ぎください」

竜胆の声も普段より余裕がない。

いざ腕のいい化粧師の手にかかると、匠は自分でも鏡を見せられて驚くような姿に変身していた。白くすることで神に近づくという意味のある水化粧を施された。衣装を着る前に、顔だけでなくうなじや手にも水で溶いた白粉を丁寧に塗られて、自分が変わっていくのを感じた。最後に口元に赤い紅をさす。

着付けをすませて、鏡に映った自分の顔の清楚で神秘的な美しさに言葉を失う。

匠の支度を手伝ったものたちが、一斉にその出来栄えに感嘆のため息をついた。

顔を白くして瞼や目の下にぼかし紅をいれられ、人形のようになってしまった。

「化粧ってすごいんだな……」

これは花嫁の仮面だ、と身が引き締まる思いがした。

桃花堂に雅やかな竜笛《りゅうてき》と琵琶《びわ》の音が響き渡り、風に乗って控え室まで届く。

もうすぐだ。

とっくに腹を決めたとはいえ、やはり音楽を聴いているうちに、今夜月白と契《ちぎ》りを結ぶのだと意識させられ、緊張が高まってくる。

「……うまく化けたな。悪くない」

迎えにきた袴《はかま》姿の月白が匠を一瞥して、耳元にささやいた。

匠のように化粧をしているわけではないが、月白の顔つきも変わっていた。装束《しょうぞく》がよく似合っており、高潔で気高い神格のオーラを感じる。

「心配するな。大丈夫だ」

一瞬見惚れてぼうっとなった匠は慌てて頷く。

木賊や竜胆も主の立派な姿が誇らしげだった。匠は月白と結婚するのだと今更《いまさら》認識する。

人生に一度あるかないかの重大な儀式。そう思うと緊張でますます心臓が痛くなった。

進行役となる真っ白い兎の耳と丸い尻尾がついた少女に先導され、音楽に合わせて定められた順に桃花堂に入場した。

厳粛な雰囲気の中、神々に見守られてお祓《はら》いを受け、結婚の報告をする祝詞《のりと》が奏上《そうじょう》される。結婚式といっても、匠は家族が立会人にいるわけではないから、ほとんどうつむいたままだった。必要な場面で形式にのっとった礼と動作をして、つつがなく式が進行していく。月白はいつもより深く礼を尽くして祝福を受け、匠もそれに倣《なら》った。

細かな動作や、祝詞の違いはあれど、人間の世界と大きな違いはない。

三献《さんこん》の儀で三々九度の誓いの杯《さかずき》を白狼神から受け取って、飲み干す。

白狼神は神々しさの中にも、月白に対する親しみのようなものを感じた。

大神の代理として、妖艶《ようえん》な雰囲気のある女性の銀狐《ぎんこ》神と、背に大きな翼を持ち威厳《いげん》のある鷲《わし》神の二神が、その両隣で見届けてくれた。ほかにも数名の狼の眷属が立会人として列席していたが、その三方は位が違うというのを肌で感じた。

誓詞《せいし》を口にしたとき、ふっとなにか温かいものに包まれた。匠は身体の奥深くで月白と

繋がって、二社山に花嫁として受け入れられたのだと感じた。

そして匠はこれまでよりはっきりと、気の流れのようなものを感じとれるようになった。

伝承でしか知らなかった大神の存在を身近に感じた式だった。


ようやく重い婚礼衣装を脱いで、白い長襦袢に絹の細帯という身軽な装いになった。

湯浴みをして案内された初夜の褥。

「――こんな衆人監視の中でやれって言うのか⁉ してるところを見られるなんて、ありえない！」

匠はふざけるなと大声で怒鳴ってしまった。

おろしたての真っ白な布団が用意されている。だが、とても看過《かんか》できない問題があった。

匠はてっきり、初夜はいつも寝ている本殿の奥にある建物で過ごすのだと思っていた。

それが、本殿の広間で公開で行われ、文字通り知らしめるものだと言われれば、匠のなけなしの覚悟なんか吹き飛ぶ。結婚の誓いを撤回《てっかい》したくもなる。

「近づけさせるわけじゃない。誰も花嫁には触れさせせない」

花嫁の顔見世を待ちきれないものたちが、周囲に集まってくる気配を感じた。

「そんなのあたりまえだっ。月白は平気なのか？」

「俺だっていい気はしないが、それがしきたりだ。祝言の三夜だけのことだ」

「……それならしない。こんな個人的なことを人前に晒《さら》すくらいなら、全部終わったら婚姻を解消する」

わなわなと怒りに震えて告げた。

さすがに婚儀の途中で投げ出すわけにはいかないが、とても受け入れられない。この結婚を前向きにとらえようとしているのに、屈辱《くつじょく》だった。

「匠、それはできない。狼はひとりの伴侶と添い遂げる」

それがどうした、と低い声で告げる。

「人間は相手を変えることがある」

「…………」

月白と目が合った。

匠が本気だと伝えるようにまっすぐにらみ返すと、月白は目を細めて深いため息をついた。褥に視線を向け、皮肉げに口元を歪める。

それからなにかを決意したように薄く微笑んで、広間にいたものたちに仕切りの用意をするように命じた。

屋敷中の几帳を持ち出してきて、褥を見られないよう個室よりも厳重に覆い隠した。

「これでいいか？　……悪かった。しきたりもそうだが、匠が俺のものになったと見せたかったんだ」

怒り心頭で立っていた匠を月白が抱き寄せて、匠、と甘い声で花嫁に許しを乞う。

納得いかないが、納得するしかない。

匠が黙っていると月白の抱きしめる腕に力がこもり、剥き出しになった耳を舐められた。何度か口の中に含まれて、飴玉《あめだま》のように耳朶に吸いつかれる。

「おまえが尻尾を触りたがる気持ちがわかる。ここを舐めるのは甘くて気持ちいいな」

「は……っ……」

つるりとした耳朶を舌の上で転がされるのがくすぐったくて、肩をすくめて身を捩った。

「もっと触らせて、味わわさせてくれ」

宥《なだ》めているのか、普段より声音が柔らかい。

「おまえたちはもういい。下がっていろ」

月白が几帳の裏にいたらしい竜胆と萌葱に、声をかけた。

まだそばに誰かいたのかと吃驚《きっきょう》したが、ふたりは挨拶をして広間を出ていった。

このとき匠は月白が屋敷のものを皆、遠ざけてくれたのだと信じた。

怒りをひっこめて、ほだされてやってもいいかという気持ちになる。

匠だって初夜はちゃんと仲良くしたい。

月白にかけられた体重に押されるようにして、布団の上に膝をついて座りこむ。襦袢の裾が少し乱れていた。

舐めるのが好きな月白に、匠は目を閉じて好きにさせた。出だしで少し躓《つまず》いてしまったが、もともと今夜はそうするつもりだった。

うなじや耳の後ろまで舐められると、背中に甘い痺《しび》れが走る。

「……ふ……っ……」

鼻から抜けるような音を漏らした匠に、小さく笑った月白が今度は唇に舌を移動させた。濡れた音を立てて、宥めるようなキスをされているうちに、怒りが融解《ゆうかい》していくようだった。

月白の静かな情熱にあてられて、頭がぼうっとしてくる。

「匠……」

月白は角度を変えて深く口付けながら、右手で匠の左耳を弄《もてあそ》び、もう一方の手を襦袢の合わせに差し入れて前を開かせようとした。

「……ンッ、ぁ……っ……」

熱烈なキスにうっとりと酔った。

興奮した月白の息遣いに、気持ちが煽《あお》られる。唇に吐息がかかるだけで、身体からぐにゃりと力が抜けて月白に寄りかかった。

……こういうとき、どうすればいいんだ。

自分もなにかしたほうがいいと思うのに、頭がうまく働かない。

衿の合わせから侵入してきた月白の手が裸の胸と脇腹を撫で、右の胸の中心を指で摘《つま》むようにクニクニと捏《こ》ね回されて、その刺激にはっと我に返った。

そんなのされたことがない。キスぐらいまでならなんとか対応できるが、未知の領域に踏み込むのは、当初思っていたよりずっとハードルが高かった。

「やっぱ、ちょっと待って…っ」

焦って両手で月白の手を押さえつける。

邪魔された月白がムッとした顔で聞いてくる。

「なんだ」

「胸はナシで！」

「触るなってことか？　それは聞けないな。触っていればそのうち気持ちよくなるから、少し我慢しろ」

心からの叫びだったのに、月白は取り合わずに手を解かせる。

そして着崩れた前を強引に開いて、匠の上半身を完全に露にさせた。月白の足で下肢を割られ、帯でかろうじて襦袢が腰にひっかかっている状態にされる。

「ちょっと、脱がすな…っ」

躊躇なく褌に手をかけられ、猛烈に恥ずかしくなった。もう駄目だ。やばいやばいやばい。結婚式の前に触れられたときとは、当然ながら月白の手つきが違う。

一瞬パニックになり、手をついて四つんばいで布団の上から逃げ出そうとしたら、月白に腰を掴まれて引き摺り戻された。

「匠」

匠は背後にのしかかってきた月白に、じたばた抵抗してしまう。

腰を掴まれたまま、ぺしゃんと潰されるように布団の上にうつ伏せになり、月白が背中に覆いかぶさって抱きしめてきた。

「……ちょっ、あの、ごめん……！」

大事な初夜に、自分でも往生際《おうじょうぎわ》が悪すぎると思う。

いくらなんでも、こんなみっともない姿を見たら、積年《せきねん》の恋も醒《さ》めそうだ。

「――謝らなくていい」

耳元にささやかれて、髪や耳の後ろに口付けられる。

背中に月白の重みと体温を感じて、匠が伸ばした足に月白の尻尾の先が触れた。

月白の鼓動《こどう》が速い。そして、尻尾が揺れている。こんなときなのに、その興奮具合がちょっと可愛いなと思ってしまって、ぎこちなく笑った。

匠と同じく、相手も平静ではないのだとわかってドキドキすると同時に安心していた。

「男色の経験はないと言っただろう……。だから、その……」

布団に半分顔を埋めて、ぼそぼそ訴える。

顔を横向けた頬に落ちた髪にキスされ、舐められる。耳の上の生え際にも甘噛みするようなキス。

「自分がどんなふうになるのか、わからない…」

田舎育ちで異性との経験も多くはない。それがいきなり、尻尾のある大男とセックスだなんて、覚悟していても腰がひける。

「どうなっても、かまわないぞ。初めて身体を開くのはつらいかもしれないが、最初だけだ」

一夜目に身体を繋げる、というからには月白はどうあっても最後までするつもりなんだろう。まだ夜は始まったばかりだ。

襦袢の裾をめくられる。大きな手に後尻を撫でられて、褌の下に指がいれられ、巻かれた布を器用にするする外していく。

「……ッ…あっ」

後尻が月白の前に晒されてしまう。布一枚なくなるだけで心細くなった。

「今日しなくてもいいんじゃないのか……。三日もあるんだし、触るだけじゃ駄目か？口付けしながら擦ったり、とか」

「そんな可愛いことを言うな、匠」

ふわりと笑われた。おかしいのは自分でもわかってる。

焦らすなよ、とつぶやいた月白が匠の背中から少し身体をずらしていって背中を撫でて、剝き出しの肩を軽く嚙んで歯型をつける。

「抱きたいと言っただろう。ずいぶん待ったんだ。これ以上、我慢できるか。——こっち向いてくれ」

今は目も合わせられなかった。シーツの上で強く拳《こぶし》を握る。

匠は月白に背中を向けたまま、すぅと息を吐いた。

「わかった！　月白の好きにしていい、ただ……すぐ挿《い》れて余計なことしないで、早く終われっ」

「…………」

月白の手が腰に触れて、最後まで残っていた帯を解いて、抜きさってしまう。

さわさわと尻を何度か撫でたあと、横から手を入れられ、抱えるようにして仰向けにされた。目が合った匠が慌てて腕で赤くなった顔を覆う。

月白はそれにフッと笑って、身体の中心で縮こまっている匠の性器を手のひらに包みこみ、優しく扱《しご》きだした。

「緊張してるな」

「あ……っ」

当然だが、身体が強張っていてなかなか反応しない。指を使って全体をゆるく扱かれ、ときどき根元のふくらみも撫でさすられる。下に目をやるとすでに月白のものは襦袢を持ち上げて存在を主張していた。

同性のものを愛撫の対象としてみたことはなかったが、意識してごくりと息を呑む。

匠の性器を弄っていた指が、焦れたように尻の奥を探ってくる。

「んぁっ」

歯を食いしばって、その異物感を堪える。

匠は横を向いて見ないようにして、やめろと叫びそうになるのを抑えるので精一杯だった。月白は舌で濡らした指を何回かそこに挿入し、足を閉じられないように片足で固定して、グチュグチュと狭い粘膜を無理に押し拡げようとする。

たいして馴染んでもいないうちに、指が二本に増やされた。

はぁ、はぁ、と月白の息が荒くなる。

ヌチャ、という濡れた感触にびくっとして見ると、月白が匠の足を抱え、先ほどまで指を挿れられていた場所に顔を埋めていた。

「あっ、あ……」

動揺する。月白の舌が窄《すぼ》まりに触れて、そこを繰り返し舐められると、ぞわわっとなんともいえない感覚が腰に広がった。ぴくっと内腿《うちもも》が痙攣して逃げたくなるが、月白にがっちり押さえ込まれていた。

「匠……いいか？」

はちきれんばかりになっている月白の熱棒を認める。形状は人間のものと変わらないと思うが、お目にかかったことがないくらい立派すぎる……。

「――そのまま挿れるのか？」

「ほかになにがある」

せめてコンドーム……と思ったが、そんなもの、この世界にあるわけなかった。冷静になってみればわかることだ。

ここで引き伸ばしても、苦しい時間が長くなるだけだと匠は頷いた。

「……覚悟しろ」

月白が匠の足を抱えて高く持ち上げた。

「ああっ……ぃ…」

狭い肉壁を掻《か》き分けて、あてがわれた熱い塊《かたまり》が無理やりに侵入してくる。ズ、ズズッと僅かなぬめりの力を借りて、時間をかけて奥まで犯された。

「…ふっ……たッ、……ぁ…」

男を受け入れたことのない器官が想定外の質量の摩擦《まさつ》に耐え切れず、悲鳴をあげる。

匠は奥歯を噛み締めて耐えた。

生理的な涙が滲んだ。必死に息を吐き出していると、月白が動き始めてまた歯を食いしばる。

熱っぽい吐息が肌の上を掠めた。胸に舌を這《は》わされても、抵抗できなかった。シーツに爪を立てて、月白が満足するまで、下腹部を突き上げてくる衝撃を受け止める。

「匠、匠……」

名前を呼び、月白が顔を近づけてきた。

涙を見られまいと顔を背けたら、カリ…ッと月白に耳朶を甘噛みされた、その瞬間。

匠は反射的に身体のうちにある熱をぎゅっと強く締め付けた。

「………っ」

月白が低く呻いた。

身体の奥に埋められた雄が、ビクンッと何度か痙攣して、爆《は》ぜたのがわかった。匠の身体の上で、気持ちのよさそうな長い息を吐き出す。

弛緩《しかん》した月白の体重を受け止めると、大きな手で髪を梳《す》かれて口付けられる。ふたりしてしばらく浅い呼吸が重なって笑った。

少し落ち着くと、匠は腕を持ち上げて月白の耳を撫でてやった。

慣れない行為で身体に痛みが残っている。羞恥《しゅうち》と困惑もまだ消えない。それでも無事に

初夜を終えたことに安堵していた。

本当に、月白と身体を繋げたのだ……。

※　※　※

翌朝、匠は乱れた布団に身を起こした。

几帳の裏に控えていたらしい竜胆が気配を察して「お食事のご用意をしてよろしいでしょうか。御代様に匠様が起きられたと知らせてまいります」と出ていった。

宴の主賓である月白は、客の相手をしにいくと話していた。花嫁の出番は昼からでいいことになっている。

……腰が痛い。少し頭痛もする。

「あの……お着替えの、お手伝いを」

若干たどたどしく、聞き慣れない男の声。

「……木賊？」

「はい」

いつもだったら戸口か隅に控えてくれている木賊の声を、初めて間近で聞いた。

木賊は几帳の影から音もなく姿を現した。

「下着をつけるから、待ってくれ」

匠はなにも身につけておらず、昨夜着ていた衣服はいつのまにか、新しい着替えと交換されていた。いいよ、と告げて木賊に手を貸してもらったが、なぜか露骨《ろこつ》に目を逸らされた。……今までは、にらまれることが多かったのに。

どことなく様子がおかしいのは、匠が花嫁だからだろうか。

月白の伴侶として匠を認めるのに、複雑な心境なのかもしれないとあまり気にしないことにした。

「ありがとう」

「匠様、御代様はすぐに戻られるそうです。どうぞこちらでお待ちください」

竜胆が戻ってきて、匠のためにお茶を淹れてくれた。

口をつけると独特の酸味があった。まずくはないが後味が微妙だ。

「……これも、婚礼用の特別なお茶？」

花嫁花婿は三日間、特別メニューの祝い膳を一緒に食べなくてはならない。

「いいえ、こちらは消炎鎮痛、疲労回復、諸々《もろもろ》の作用がございますお茶なんです。その、お疲れではないかと…。まだ今日も明日も続きますから……」

匠の体調を気遣ってくれたのだ。

「昨夜はよくお休みになられましたか」

「まあ……」

月白が匠の中に精を放ったあと、無茶をしたと反省したらしい。まだイッてなかった匠ものを月白が口淫で……飲んでしまった。それもショックだったのだが、昨夜は怒る気力も削《そ》がれていた。

匠は拗ねて一応文句を言いつつ、月白の腕に抱きしめられて眠ってしまった。

「匠様のお顔つきが、変わられたように存じます」

「えっ、そうか…？」

なにがどう違うんだろう。

「こちらの方になられたように、お見受けいたします。安堵いたしました。――本音を申し上げますと、月白様が二社山の守護様になられたとき、伴侶になる方を選ばれるのではないかと思いましたが、心に決めた方がおられると伺《うかが》いました。ただ、再会はかなわぬかもしれぬとさみしげに仰られて……。このまま長い一生を、ずっとおひとりで過ごされるのではと心配しておりました。ずっと匠様との思い出を大切にされていらっしゃったのだと、今ならわかります」

竜胆は弟を見守る姉のような優しい口調で話した。

「どうかこれから、御代様に新しい思い出をたくさん作って差し上げてくださいませ」

改めて、匠との約束にこだわっていた月白の気持ちを思いやる。

待っていてくれた月白を大切にしたい。

「……そうできるように、努力する」

匠は小さく答えて、うつむいた。


まともに顔を合わせられないんじゃないかと思ったけれど、月白はこの三日間の儀式を楽しんでいるようだ。機嫌がよかった。

匠は食事をすませ、花と鳳凰《ほうおう》があしらわれた色打掛けに着替える。

建物の外では様々な余興が行われ、特別なお菓子が振る舞われているという。だが花嫁が本殿の外にでることはない。

二日目の午後、奥の間に連れていかれ、花嫁は花婿の隣に用意された席に並んで座った。こうして並ぶとまるで正式に夫婦になったみたいで……いや、事実なったのだが、少し気恥ずかしい。

これから二社山の神殿に仕えているものたちから、順番にひとりずつ祝福の挨拶を受けているのだ。ほとんどは狼の眷属で、普段は屋敷の外にいるものも主の婚礼のために戻ってきている。

「この度はおめでとうございます」

挨拶に来たひとりひとりに、匠が銚子《ちょうし》でお神酒《みき》を注いだ杯を月白が授けるという儀式。次々相手の顔ぶれが変わる流れ作業といえばそうだが、匠には新鮮だった。

祝いにきてくれた相手に、月白が短い言葉をかける。

「ありがとう」

しかし匠はほとんどお礼しか言うことがない。

終わり際になって、竜胆と萌葱も列の最後に加わった。彼女たちには匠から世話をしてくれたお礼と、これからもよろしくと告げると、竜胆は深く頭を下げて祝福をしてくれた。萌葱は感激して涙ぐんでいた。

見知らぬものたちに囲まれて、粛々《しゅくしゅく》と進行される婚礼の儀。

やはり心細さがあった。彼女たちが匠の不安を和らげてくれる功績は大きい。

それに、表立っての失礼はないが、人間の花嫁ということで奇異の目を向けられていると感じずにはいられなかった。だとすれば、その人間を花嫁に迎えた月白だって変わり者だという目で見られる。

少しでも匠を軽んじるような態度を見せたものに対して、月白は堂々として無言の威圧をかけた。

「末永く、お幸せになられますよう」

竜胆の言葉に、匠は頷いた。

予定されていた挨拶がすべて終わった。退出してもいいと言われ、匠がそろそろと立ち上がろうとすると月白が引き止めるように顔を近づけてきた。

「……？」

少しかがんでなにか、と問う。

ところがただ顎を掴まれて、深い口付けをされた。――人前で。

まだ片付けのものたちが残っていて、こちらを見ている。唇が頬をとおってこめかみから生え際に移る。

「って、髪を食うんじゃない」

視線が気になって、さらに匠の耳にしゃぶりつこうとした月白の肩を押して止めさせる。

「言っておくが、いくら夫婦といえど、人間はほかのものがいるときは、そんなにいちゃついたりしないものなんだ」

「いちゃつ……なんだ？　どういう意味だ？」

月白が渋い顔をして聞き返す。

「――仲良くしてるのを見せつけない」

「どうしてだ。仲睦《なかむつ》まじいのはよいことだろう？　皆が安心する」

ちゃかしたように月白がくっと喉元で笑った。浮かれた顔をしている。

まさに婚儀の真っ最中。すました顔でいるより、自信に溢れ、満面に喜色を浮かべた月白の態度のほうがずっとふさわしい。

「……………」

なんだか、怒ってばかみたいだ。

匠はここは人間の世界とは違う、と自分に言い聞かせる。

照れたようにうつむいて、横にいる月白の尻尾をツンと引っ張った。

※　※　※

二夜目の夜は、深呼吸するくらいの心の余裕があった。

昨夜同様に几帳を張り巡らせた中で正絹の長襦袢を着て、まだやってこない月白を待った。初夜を迎える前に言い忘れたことがあり、どうしてもそれを伝えたくて、胸のうちで何度も確認する。

布団の脇に水差しや、ちょっとした菓子はもとから用意されているが、月白が湯気のたつだるま湯のみと、小瓶を手にやってきた。

「待たせたな。匠、これを飲んでくれ」

湯のみを差し出され、受け取ってつい中身の匂いを嗅《か》いでしまう。

……今朝、竜胆が淹れてくれたお茶と似た匂いがする。さらにどろっとしている。

「なんだこれは」

「身体が楽になるんだそうだ。つらい思いをしたくないなら、飲んだほうがいい」

痛み止めかなにかだろうか？　そういえば今朝のお茶で腰の痛みがましになった。効果はあった。とりあえず毒ではないだろう。

「……わかった」

頷いて、ゆっくり飲み干した。

えぐみが舌に残ったのを、置いてあった桃のゼリーでごまかす。

それを見届けた月白が、匠の身体を抱き寄せようとした。

「待ってくれ。……昨日の夜、話せなかったことがあるんだ」

「昨夜？　……待て、それは祝言が全部終わってから……明後日に話を聞こう」

「今じゃないと意味がないんだ、どうしても」

なぜかいやがる月白に食い下がった。

「…………わかった」

なにを言われると思っているのか、月白の顔から、さきほどまでの余裕がすっと消えた。落ち着きのない態度で匠と目を合わせてくれなくなった。

「ええと……」

匠はゴホンと咳払いした。

正面に座って、ぐいっと衿を摑んでこちらを向かせ、月白と顔を見合わせる。

「あの、人間の世界では初夜に挨拶するんだ」

「挨拶？」

「……俺は違う世界の人間だし、きっと迷惑をかけることも多い」

「匠、それはいい」

「俺は昔の記憶もないし、こんなことになって最初は驚いた。この世界にまだ慣れてない。だけど……」

「わかっている。今すぐに向こうでのことを忘れてしまえとは言わない」

月白はまだ匠の心が半分ここにないことを知っていて、だからこそ婚姻という確かな形の契約を望んだのかもしれない。

布団の上で、月白がさりげなく匠の手に手を重ねた。

「俺と一生ここで生きる決意ができたときに、愛してると言ってくれ」

匠は月白を見返して、小さく頷いた。そして話を続ける。

「結婚したからには、なるべく楽しく仲良くやっていきたい。これから、どうぞよろしくお願いします」

「ああ、よろしく」

月白が頭を寄せてちょんと額と鼻を付き合わせるみたいにして挨拶に応えてくれた。

なんだろう。落ち着いていたつもりなのに、すごくそわそわして気分が高揚している。

それと同時に、やはり昨夜の記憶がまだ鮮明で、緊張と怖さを引き摺っていた。

「俺は匠を大切にして守る。ずっとだ。これから――」

この緊張をなんとかしたくて、匠は言いかけた月白に唇を寄せた。

「ごめん。……なんか、我慢できなくて」

匠からの口付けに気をよくしたらしい月白が薄く笑った。

「昨日、あまりうまく……できなかったから、今日は、ゆっくり……」

二夜目に心を通わせる、とはよく言ったものだと思う。

もし一夜目に喧嘩をしてしまっていても、ここでやり直せる。

そっと首を伸ばして月白の耳に口付ける。ふわっとした毛の感触が唇に残った。

それが合図のように、月白に背中をぎゅっと抱かれた。月白が匠を左腕に抱いて膝の上に乗せ、片膝の上に足を跨《また》がらせる。

大胆で恥ずかしかったが匠も月白の首に腕を回す。

「う……ん……っ」

背中から尾てい骨あたりまで何度もゆるく愛撫されて、少し腰が浮いた。

「昨日言ってたみたいに、口付けしながら擦るか？」

「……ああ、俺にも……触らせてほしい」

小さな声で言い、ふとこちらに来てからキスばかりしているなと思った。月白と再会する前にいつキスしたか、覚えていないくらい昔なのに。

月白が顔を傾けて唇を近づけ、瞼や鼻の頭を平気で舌で舐めてくる。そして薄く開いた唇から匠の舌を優しく吸い上げる。

離れても角度を少し変えて幾度も唇を触れ合わせ、舌先を絡めあう。

月白のキスは気持ちいい……。

「あ…っ」

甘い痺れに吐息を震わせた。唇を重ねて、気づくと月白の手が襦袢の裾を割って、褌の上から匠の性器をやわやわと揉《も》みこむ。直接触れられない、もどかしい刺激に月白の首に回した手に力がこもった。

匠ははあっと熱い息を吐き出した。

「……匠、俺の…」

促され、右手で触れてくる月白の手を邪魔しないように、月白の襦袢の裾を拡げる。

褌につつまれたそれはすでに半勃《はんだ》ちの状態になっていた。それでも布越しに大きさが想像できて、昨日これを身の内に収めたのかと思うと信じられない気がして、顔が赤くなった。

「すご……」

しばらく手で撫で擦ってから、それを前袋の横を少し緩めて引っ張りだした。手のひらに包みこむと、ぐんと大きくなって反り返った。持った手に重量感が伝わってくる…。

「ああ……いい…」

月白の息が荒くなって、呻くようなささやきを漏らした。反応が素直で可愛い。

匠は胸にもたれていた上半身を起こし、左手で月白の熱を扱き、右手を後ろに回して上がっていた尻尾の付け根を撫でた。

予想外だったのか、月白が一瞬息を詰める。

「…っ……」

「尻尾も感覚あるのか？」

「ある。手や足とはまた違う感じだが……」

「……あっ……ふ……」

悪戯を責めるように性器の先端を軽く抓《つね》られ、弱い部分を集中的に責められた。

「駄目、だ…っ」

ずくっと腰のあたりに重い痺れが広がって、匠は腰を僅かに浮かせた。透明な蜜が先端から零れた。それが布を汚してしまったような気がして焦る。

内腿が月白の足に擦れるのだって、いったん気になり始めたらすべてが刺激になった。

「も…それ、は……」

やめてくれ、と目で訴える。

しかし月白は手をとめない。弄くりまわされ、じわりと先端から先走りの雫が漏れて濡れるのがわかった。褌の中は湿り気が充満している。ねっとりと擦られるたびに、白い布に染みが浮いてしまうのではないかと身悶《みもだ》えた。

逃げようとした腰をすかさず摑まえられて、襦袢を思い切りめくりあげられた。空気に晒されているお尻を丸く撫でられる。

「感じてきたか？　ここ、染みが滲んできた」

月白が悪戯な声で聞いてくる。

「はぁ……っ…」

互いに性器を扱いているのだから、口に出さなくてもわかるだろう。

屈辱とは違うけれど、匠が恥ずかしさに耐えられず、紅潮して潤《うる》んできた目を伏せると、月白が耳や首筋に口付けてきた。そして最後に唇に口付ける。

「匠の舌は柔らかいな」

その言葉に舌を「ん」と差し出すと唇で食まれて、吸われる。

「ンん……ッ、月白の、舌が……固いっていうか、筋肉質で…ちょっとざらざらしてる」

「いやか？」

少し戸惑ったような声がかえって、慌てて否定する。

「そんなこと、ない……」

帯を解かれて、胸から両脇を何度か月白の手が往復する。さっきイきそうになったのに、途中でほうって置かれた性器が、びくびくと湿った布の中で反り返った。

「そこ、は…っ」

月白がすべらかで平らな胸をたしかめるように撫でて、楽しげに中指で胸の飾りを弄りだした。しばらくそうやって遊んだあと、匠は後ろに押し倒される。

畳の上に落ちないように、月白が頭の後ろを手でカバーしてくれた。

布団の上で身体をずらすと、さっき弄っていた乳首を舌できつく吸い上げられた。

「あっ……あ……んんっ」

昨日は触られるのもいやだった胸で、感じている。

布の中で苦しげにはしたなく勃ち上がった匠の熱が、月白の引き締まった腹にときおり当たるようにして擦られる。もどかしい愛撫に匠は自然と腰をくねらせた。

「や……っ」

両腕に縋《すが》り、自分でもわけがわからないくらい感じやすくなっていることに動揺した。足を開いた内腿に月白の盛り上がった部分だって当たっている。

こんなに密着していても、まだ足りない。早く。ちゃんと触ってほしい、そう思ったのにそれより先に、ムギュッときつく乳首を摘まれた。目の前が白くなる。

ズクンッと甘い快感が腰の奥で弾けた。

「……ンッ…」

匠が泣きそうになって腰を跳《は》ね上げた瞬間、噛みつくようなキスをされる。

達したばかりでまだ身体が震えている。月白にも吐精したことはばれているだろう。あそこも濡れていて、口の中も月白の唾液《だえき》でいっぱいにされていた。

イッたばかりなのにまたじわりと身体の奥が熱くなった。

「な、なに……おかしい…」

首を振って顔を隠すようにすると、月白がぐしょぐしょになった匠の褌を指で解いて、身体の下から引き抜いてくれた。

「あ、あ……」

必死に息を整える。なのに腰の疼きが消えない。

「ごめん、イッた……」

「ああ」

後始末がしたくてわざわざ口にしたのに、月白は匠の上から動く気配がなかった。芯の残っている匠の熱を再び手で包んだかと思うと、身体の上を少しずつ下がっていく。

「……なに……？　……ちょっ………いや、だ…っ」

臍《へそ》のあたりに口をつけられておなかを舐められる。そして少し湿った薄い叢《くさむら》にも口付けて、匠の性器に舌を這わせた。ふくらみを手と舌で舐めて愛撫して、竿を横から舐め上げる。そして残滓《ざんし》の雫をずずっと吸い上げる音がした。

匠は布団の上で身悶え、おそるおそる、自分のものを美味しそうに口にくわえている男を見つめた。だけどいやな気持ちじゃなくて、愛しさが湧いた。

そろりと手を伸ばして月白の髪を撫でる。

「もういい……」

これ以上されると、気持ちよくて変になってしまいそうだった。今も疼きが消えない。

ひとしきり舐めてきれいにしたあと、月白は匠の足を大きく開かせた。

「……月、白…」

なにをされるかは薄々わかっていたが、不安な声をあげてしまう。

「うつ伏せになって、腰を上げられるか？」

すごい光景が浮かんで少し躊躇した。だが月白がじっと待っている。

匠は意を決して、肘《ひじ》で上半身を支え、下半身は腰を少し突き出すようにした。

「匠に尻尾があったら可愛いだろうが、なくても可愛い」

カァァッと頬が熱くなった。

目の前にお尻を晒して、いかにも挿れてほしいとねだるような格好だ。

月白の指が後孔に触れる。なにか少しべたべたした感じのものが、指先で窄まりに何度か塗り込められる。固く閉じていた場所が思うよりあっさりと綻《ほころ》び、潤滑剤《じゅんかつざい》のついた指を受け入れた。

月白はそのままぐぐっと指を奥までつっこんできた。ぐるりと掻き回すようにして、肉襞に擦りつけられる。匠はぶるっとお尻を震わせた。

「あ、なに、す……っ」

ぐいっと膝で足を割られ、指を抜き差しされている部分が誘うようにぴくぴくと収縮している様を見られてしまう。月白が喉元で笑った気配がして、指が二本に増やされた。ぐいぐいと無理に中を押される感覚がするのに、そこをぐっぐっと押されるたびに、痛いどころかたちまち性器が固くなり、たまらない気持ちになった。

気持ちよくてどうしていいかわからず、月白の指を深く咥《くわ》えこんで淫《みだ》らにお尻を振る。勃ち上がった前も、お尻の中もすごく熱い。

「いやだ、こんな……っ」

こんなのは自分じゃないみたいだ。仕事が忙しくなってからは、自慰もめったにしなくなっていたのに。無理やりに受け入れた、昨日とは身体の反応が違う。

どうにかしてほしくてたまらない。もっと強い刺激がほしかった。

「……月白、…はぁ……っ…あっ」

首をねじって潤んだ瞳で要求すると、ウゥン、と甘え鳴くような声がして腰骨を舐められた。それにもびくっと腰を揺らしてしまう。

ようやく指が抜かれて月白の熱があてがわれた――と思ったのに、なかなか挿入してくれなかった。狭い入り口に先端を何度か擦りつけられる。内腿に当たるだけで、すごく大きくなっているとわかった。それでも……。

「あぁ、早く……。ほしい……挿れて………」

乱れた息で、必死に懇願《こんがん》した。

内腿で擦りつけられる月白の熱棒を挟もうとしてみたり、自分でその場所を教えようと手を伸ばしたり、あるとあらゆる恥ずかしいことをさせられた。そうしておきながら、また自分の欲望が膨らんでますます固くなるのがわかった。

「――あっ……」

やっと固くて太いものがそこに埋められたときには、その圧迫感に満たされるような気持ちになって安堵を覚えた。

「はぁっ……あっ、ああっ……ぅ…」

ずずっと内壁の狭さをたしかめるにように動かれて、甘い嬌声《きょうせい》が上がる。

月白はずっと堪えていたのか、激しく腰をぶつけてくる。

昨夜とは違って、匠の熱は萎《な》えていなかった。それどころか、どうしてこんなに、おかしいと思うほど、身体が熱い。腰のあたりに熱がたまってずくずくと疼く。

突き上げてくる熱に粘膜が絡みついて、出ていこうとするといやだと引き止める。凶器ともいえるような大きな楔《くさび》に蹂躙《じゅうりん》されているのに、少しも痛みを感じない。

快感だけ追い上げられて、落とされ、息が整わないうちにまた追い上げられる。

「やぁっ、あっ、感じる……いいっ！」

声が嗄《か》れるほど叫んで、乱れまくった。もっと、と何度もねだる。

深く、最奥まで強く突き上げられて、月白の熱がぶるっと痙攣するのを感じた。大量の精液で中がしとどに濡らされる。

「つき、しろっ……中で……ぁっ…出さないと、駄目なのか……？」

「出したい。あとで掻きだして洗ってやるから」

すべてを飲み込ませるように、数回また奥へと腰を打ちつけられる。無意識に匠自身も昂《たか》ぶりを覚えて、答えられなくなる。

「な…っ……あ――ッ」

ドクッと突き上げられた快感に身をまかせて目を閉じた。唇から熱い息が漏れる。

匠の二度目の白い雫が、身体の下敷きにしていた襦袢に飛び散った。


その夜は心も身体も満足していたけれど、乱れすぎたことが恥ずかしくて、とてもじゃないけれど並んで眠るのは無理だった。

触られているうちに、また淫らな気分になったら困る。

納得がいかない顔をしている月白とのあいだに枕を挟み、匠は月白の尻尾を触れられる位置で腰に頭を預けるようにして目を瞑った。

明け方にふと目を覚ます。

匠は身体をまるめて眠り、心地のよい温かなぬくもりに包まれていた。

ふわふわした月白の毛の感触。上質のウールだ、と無意識に長い尻尾に頬ずりした。

ここで暮らすのも、案外幸せかもしれない。

※　※　※

世話係の竜胆に出番までこちらでお待ちくださいと言われ、御簾《みす》の奥に座して控えていた。薄い萌黄《もえぎ》色の襦袢、重ねは明るい臙脂色に深草色を合わせ、金糸で模様が入った装束を着せられている。

匠は月白が昨夜持ってきたお茶について、竜胆に小声で聞いてみた。

あんなふうになるなんて、おかしすぎる。

変な薬でも飲まされたんじゃないだろうかと疑っていた。

竜胆は口元に手を当てて、可愛らしく小首を傾げたあと、小さな声で言った。

「痛み止めと、精力増強ですわ」

「……媚薬じゃないのか？」

「まあ、いいえ違います。あちらが少し元気になるだけです。……匠様、媚薬を試されてみたいですか？」

「いらない。忘れてくれ」

そのとき太鼓がバーンと派手に打ち鳴らされた。

匠は慌てて居ずまいを正す。

「匠様。緊張なさっておいでですか」

「……ちょっと」

これから、最後の花嫁披露の儀だ。

今までの二日間は言うなれば身内に対しての挨拶だったが、本日の披露は領地の外の神々に対してのものだ。

雅やかな竜笛の音が、深く青みがかった緑の山々を渡って遠くまでこだまする。奏でられる音楽に鼓《つづみ》と和太鼓の音が加わり、徐々に音が大きくなるのは、今宵の宴に集まったものたちの期待の大きさを表している。

ざわめきと音楽が止んで一瞬しん、となった。花嫁の紹介がなされたのだ。

「――失礼いたします」

控えていた竜胆がにっこりと微笑んで、匠の斜め前に進み出て紐を引っ張った。

前に垂らされていた御簾がするする半分ほど上がる。それだけでどよめきが起こった。

匠は大きく息を吐いて、竜胆に上げていいと目配せした。

御簾が顔の上まで上がり、各地の守護たちの前に花嫁が披露された。姿形が一目でわかるのは、見たことのある狐、兎、それに犬……。毛の色や特徴が多少違う。

尻尾は見えにくく、匠は耳の形やなんとなくの雰囲気で判断しているが、翼のあるものたちには耳がなく、なんの眷属に属しているのか特にわかりづらかった。

昨日のように、ひとりひとりの挨拶はなく、ただ宴会の席に花嫁が座っているだけだ。

席も壇上というほどではないが、少し距離があった。

宴が再開された。花婿の席には月白が座っている。

あとは自由に、夜まで宴に参加していていいのだ。

匠はこちらの世界では、月白を除けばまだ知り合いが竜胆、萌葱、木賊くらいしかいない。竜胆と萌葱は宴の仕切りと手伝いで忙しそうで、雑談をする暇なんかないだろう。

木賊が話しかけてくれればいいが、その木賊は今朝はさらに様子が変だった。

匠が話しかけようとしても、顔を赤らめて、すぐにどこかへ行ってしまう。

雑談に興じるタイプではないので、呼びつけてまでというのは気が引けた。

花嫁の披露だけあって、匠はじろじろ見られている。祝言の締めくくりは、本当にただ花嫁を見せびらかすだけの宴なのだ。

こちらが見返して、にらんだと思われても面倒だ。失礼のないように微笑みを浮かべて、おとなしく座り続ける。

……ずっとこれでは、頬が攣りそうだ。

匠の前にも祝い膳が出された。

疲れと緊張で食欲がなく、着付けもきつめで、あまり食べる気分にならなかった。

披露宴の花嫁気分を味わっていると、萌葱が耳打ちしに来た。

「御代様に、こちらでお酒を注いで差し上げてくださいませ」

宴席をふらふらするのはまずいが、花婿のそばにいくのはいいのか。

匠は月白のそばに行って座り直した。そして萌葱から受け取った銚子で酒を注ぐ。

ここのほうが、披露宴の会場をよく見渡せた。

それは相手側からも同じらしく、あちこちから視線を浴びる。その中でも、匠は射るような強い視線を感じて目を向けた。

「匠」

花婿にじゃれつくように耳を舐められ、匠は月白の袖を引っ張った。

「……あそこにいるのは？」

獣の耳や尻尾は狼や狐で見慣れて動じないが、そこだけ異様な雰囲気だった。

黒っぽい全身に、大きな翼を背負って、衣装が金と銀と赤と黄色。小物は目の覚めるような青。とにかく目立っている。

「大鴉《おおがらす》だな」

「カラス……」

「匠は酒を飲まないのか？　旨《うま》いぞ。杯を持ってこさせよう」

月白が軽く後ろを振り返って言った。

「いい。疲れてるから、お酒なんて飲んだら寝てしまいそうだ……」

そう断ったが、少しして竜胆が匠の膳と杯を運んできてくれた。

「……誰に頼んだんだ？」

テレパシーでも使えるのかと不思議に思って尋ねたら「木賊」と返事があった。

「どこにいるんだよ。見かけない」

「木賊は護衛だ。匠の近くに必ずいるように命じてある。……今は几帳の裏にいるな。杯を持ってくるように伝言したんだろう」

さらっと言われて、匠は「……昨夜もいたのか？」と聞き返した。

几帳の裏に意識を向けたが動く音がしない。匠には気配もわからなかった。

「四六時中だ。あれはほとんど寝ない」

「ばっ……ッ……！」

思わず叫びそうになって慌てて口元を押さえた。

それじゃあ、挙動不審だったのは匠が花嫁になったのが原因ではなくて。

昨夜のあれとかそれとか……。全部、木賊に聞かれていたのだ。

あの広間の大きさなら、戸口にいてもそれほど様子が伝わるまいと思っていたのに。

護衛のためとはいえ、木賊が几帳のすぐ裏で閨の様子を窺っていたと知って、大きなショックを受けた。

「匠、なぜ俺の尻尾をバシバシ叩く？」

そんなの、八つ当たりだ。

※　※　※

長いようで短かった祝言の三夜目が無事に明けた。

夜通し続いていた酒宴の席に顔を出して、披露宴に来た神の眷属たちが帰るのを見送った。いつもの長着に着替えて、ようやく一息つく。

事件が起きたのは、油断したときだった。

客を見送ったあと、屋敷のものたちは婚礼用の飾りの撤去《てっきょ》や、宴会場の後片付けに追われて、慌しくしていた。

なにか手伝いたかったが、月白に匠は部屋で休んでいるように言われていた。疲れはあったけれど、じっとしていたくなかった。

匠は力仕事でもないかと、竜胆と萌葱の目を盗んで庭に出た。

かすかに砂を踏みしめる足音に振り返ると、無表情の木賊がついてきていた。

匠が動けばついてくるが、一定の距離を置いているようだ。

過去に歩み寄ろうと思って、匠は何度か木賊に話しかけたが失敗に終わっていた。

それでやっと話ができるようになったと思った矢先に、閨での様子を聞かれたと知って、かえって話しかけにくくなってしまった。

屋敷のものたちは、月白が人間の花嫁を娶ったことをどう思っているのだろう。

どうすれば月白を幸せにしてあげられるのか。きっと価値観が人間の匠とは違う。

できればそのあたりを木賊に突っ込んで聞いてみたかった。

だけどもっと落ち着いてからにしようと、匠は諦めてひとりで庭を歩く。

高い木の前で、灰色の狼の耳をした女の子が上方にある枝を見つめて、なにか叫んでいるのにいきあたった。

「どうしたんだ？」

近づいてみると、まだ小さな縞柄の仔猫が枝の先でミャーミャー鳴いていた。

……………下りられないらしい。

「ちょっと待ってて」

女の子に告げて木に手をかけると「あ…っ」という声がした。振り返る。

少し後ろで木賊がなにか言いたげに、女の子と、仔猫と、匠を順番に見た。

「木に登るのは得意なんだ。心配するな」

ここまで高い木に挑戦するのはしばらくぶりだと張り切った。

手と足を器用に使って木に登り、体重を幹近くの太い枝に残したまま、仔猫が乗った枝に慎重に手を伸ばす。

「ニャーァ」

足場とバランスの確保を優先して、匠は上も下もあまり見ていなかった。

「おいで、ほら」

仔猫を手のひらにおびきよせるのに成功した瞬間。

木の葉がバサァッと大きく揺れて、あたりに緑の葉と黒い羽根が飛び散った。

「――あっ」

手のひらの上に、仔猫の軽い体重がたしかに乗ったのに。

背中に衝撃を受けて落としてしまった。

匠の身体が宙に浮き上がって、視界がどんどん上昇していく。

体長ほどもあろうかと思われる、大きな濡羽《ぬれば》色の鳥に掴まれて、自分が運ばれているのだと理解するのに数秒かかった。頬を切る風が冷たく痛い。

帯のおかげで足爪が身体にざっくり食い込むことは避けられたが、あまりの高さと恐怖にサーッと血の気が引いた。

眼下を見ないようにぎゅっと目を瞑る。

もう今更なにが起こっても驚かないと思っていたが、空を飛ぶなんて思わなかった。

何度か強い横風に煽られて、空中でのバランスをとるように大きな羽音がする。

身体がぐらっと斜めになったまま、かなり標高の高い場所まで連れ去られ、匠は恐ろしさに目を開けられないでいるうちに、気を失っていた。

……二社山の花嫁は、攫われたのだ。

薄闇の中で、匠は瞬きをした。

薄暗いが眩《まぶ》しい光ものも多く、反射して目が慣れるのに少し時間がかかった。

……月白の屋敷じゃない。どうやら攫われたあと、意識を失って倒れていたらしい。

身を起こそうとあがいて指先で触れた床は、ザラザラしている。腹筋で上半身を少し持ち上げるのがやっとで、両手を背中で一括りにされているのだとわかった。

「やあ。お目覚めかな」

知らない男の歌うような声。

「ここはどこですか……。あなたは？」

歌舞伎の鏡獅子《かがみじし》のような豪華な衣装を着て、顔に化粧を施した美丈夫を見る。男には奇抜ともいえるその格好が似合っていた。鋭い目の下に赤いアイラインがひかれている。

背を覆うのは大きな黒い翼――。

三夜目の披露宴で、見覚えがあった。不気味な黒い集団の中にいた男だ。

……大鴉。

婚儀の前夜から本日の午前まで、二社山の守護の婚礼を祝うために集まってきた神々の出入りを妨げないよう、月白の屋敷周辺の結界が弱まっていると聞いていた。

匠はそれまで、外に出るなという月白の言いつけを守っていた。

けれど結婚式が終わって、すっかり油断していた。まさか結婚の祝いに駆けつけた神の眷属に、一瞬にして、あんな形で攫われるとは思っていなかった。

「我の名は黒檀《こくたん》という。この世界で人間の花嫁……しかも男を見るとは珍しいの。ここは緑《りょくえい》永の森の奥、人間なぞ通らぬからな」

男のくせにしなをつくって微笑んで、匠の耳元に顔を近づけてきた。

くつくつと喉元で低い笑いが漏れている。

匠は恐怖で顔が引きつった。

大きな窓がいくつもある天井の高い丸い部屋の真ん中で、黒檀がおもしろそうに顔を覗き込んでくる。

ゾッとした。

黒檀がフッと一息吐くと、窓にかかっていた羽根のついた黒い布がめくれた。

ぱあぁっと外の光が射して、冷たい風が吹き込んでくる。

その一瞬、匠は目を凝らして明るくなった周りを見渡した。

黒檀と似たキンキラした格好の従者が後ろに数名並んで控えている。着物だけでなく、身につけている小物も、室内の装飾品もすべてが派手だ。

優雅な声で黒檀が問う。

「名前はなんという？」

再び薄闇になった中で、濃い紫色をした双眸《そうぼう》が匠の顔をしっかりと捉えていた。

この男に捕まったのだとおぼろげながら理解する。そして月白に言われた通り、おとなしく部屋にいればよかったと後悔した。これからどうなるのか。

「聞こえたか、人間の花嫁よ」

名乗ってもらったのだから、名乗り返すのが礼儀だ。

「……匠です」

匠は黒檀をまっすぐ見据えた。目的はなんなのか。

黒檀が口の両端をニィッと上げてうんうんと頷いて、身を乗り出す。

「そなたは匠か。うむ、やっぱり光っているな。我の見間違いではない。おい、それはなんだ。見たことのない美しさだ！　見せろ、ほかには持っておらぬのか？」

「え？　なんのことですか」

立て続けに聞かれ、匠は意味がわからず問い返す。

「それだ。そのキラキラしたものを見せろ、と言っているんだ」

黒檀が猫撫で声で要求してくる。

見せろと言われても、匠はなにも手にしていない。

まったくなんのことだかわからなかった。

「あの……」

「二社山の花嫁よ。我は美しいものに目がないのだ。それをおとなしく譲るなら、悪いようにはせぬぞ。帰りたいなら送ってやろう、ここで遊んで暮らしてもいい。ふっ、そなたはなかなか見目のよい形をしておるからな。我の寝所に入れてやろうか」

黒檀の手が頬に触れて、ゾクッとした。首筋をしなやかな指が撫でる。

本能的に危険だと察知して、全身が緊張で固まった。

匠の着物の衿を大きくはだけられ、胸元を覗き込まれる。

「ここにはないのか…チッ…………ん？」

黒檀ががっかりした声で不満の舌打ちをした。それから、ピクリと片眉を上げて外へ目を向ける。

「力づくで結界を破ったか……。さあ、もったいぶらずに早く渡すがいい。のんびりしている暇はないぞ」

「なんですか？」

「そなたの喉にあるそれじゃ！」

「──喉？」

匠は間抜けな声で聞き返した。

喉になにがあるのか。手を縛られていて、たしかめるすべがない。

「ええい、面倒だ！」

興奮した黒檀が子供のかんしゃくのように地団駄《じだんだ》を踏んで叫んだ。

匠の喉元を手で押さえつけて、身体を床の上に引き摺る。

「……ッ…」

首をつかまれて上半身を持ち上げられ、匠は苦しくて息ができなくなった。

暴れると余計にぐっと黒檀の指が喉に食い込んだ。

黒檀が我を見失った奇矯な悲鳴をあげる。

「これがほしい！　これがほしいんじゃ！」

首を絞められる恐怖に意識が遠のきかけて、身体が次第に冷えていくのを感じる。

「くそっ、輝きが消えた。なぜじゃ！」

バッと手を離されて、匠の身体が床に投げ出される。

「…はぁ……ッ……っ…ゲホッ……ぅ………は…ッ……！」

大きく酸素を吸い込んで咳き込んだ。

「わからな……っ……」

そのとき部屋の外で、吼《ほ》えるような唸り声が上がった。

窓際に寄った黒檀が切れ長の目を外に向け、おもしろくなさげにつぶやく。

「二社山の若造が取り返しにきたな。くそつまらぬ。おい、おまえら追い返せ。こっちは花嫁をたてにすればいい」

月白が――。

助けに来てくれたのだ。

黒檀の言葉にハッとして、捕らえようと近寄ってきたものたちにぶつかるようにして暴れる。なんとか腕の縄を振りほどこうと奮闘《ふんとう》する。だが焦りからどうしても、縄をほどくことができない。匠は完全に不利だった。

「……待ってくれ！　その……」

抵抗をやめて考える。

匠が相手の手に落ちている状況で、月白たちが強行突破できるかわからない。

せめて自力でここから逃げ出さなければ。

狼たちの唸り声。激しい羽音。そしてなにかがぶつかりあうような音。

ギャァアアッという鴉の大きな鳴き声。

耳を塞ぎたい恐怖に襲われたが、匠はまっすぐに黒檀を見据えた。

黒檀はさっき、匠が持っているものを渡せば悪いようにはしないと言った。ならば匠を傷つけるのが目的ではない。

「匠、外を見ろ」

黒檀に言われて窓のほうを見ると、真っ黒い羽の何十、何百羽もの大鴉たちが建物の周囲に集まってきていた。

身の毛がよだつ光景だったが、ここで怯《ひる》んでは駄目だ。

「黒檀は、光るものを集めるのが趣味なのか？」

匠は声が震えないように注意して聞いた。

「そうだ。美しいものが大好きだからな」

「これは俺にとっても大事なものだ。俺が死んだらこの光は消える」

顔を上げて喉を晒して黒檀を見ると、むぅと眉をひそめている。

「……これは特別で…」

どうしよう。なにを言えば安全なままで黒檀の興味を惹けるか。

「俺の気分がいいときには、もっと美しく光ることがある」

「ほう？」

「だけど、めったにないことで……いつもできるわけじゃない。難しい」

「我にもその様を見せるがいい。どうすればよいのだ？」

「……友達にしか見せられない」

「では、友達になろうぞ」

黒檀がわくわくした顔で匠の頬を撫でた。

「それならまず、俺を自由にして。これじゃ痛くてとても無理だ」

ふむ、と黒檀が縄を解いてくれた。

「そなたはそれを人間の世界から持ってきたのか？」

「そう。人間の世界にあるものだ」

「違う種類のものがほかにもあるのか？　たくさん持ってくればよい。あちらにはおもしろいものがあるのだろうな。人間の花嫁も悪くはないかもしれぬ」

「ああ……でも、もう戻れないから……」

「なぜ？　取りに行けないことはないだろう」

物欲しげに匠の喉元を撫でていた黒檀が手をとめて、長い睫《まつげ》を瞬いて聞く。

「――え？」

匠は衝撃的な事実を耳にした。

変わらず外が騒がしい。

「我の結界内だ。ほうっておけば、あのものたちもいずれ諦める」

友達になってここで暮らせばよいという黒檀に、匠は狼たちに帰るように言うので挨拶をさせてほしいと頼んだ。大きな窓まで連れていってもらう。

その部屋は塔の一部で、地面から四メートルほどの高さにあった。

「さあ、ここにいることに決めたと伝えろ」

「――――じゃあ」

匠は下を見て一瞬息を止め、迷いなく開いた大きな窓から草地に飛び下りた。

着地の際、膝と足首に相当な衝撃が響いたが転げなかった。

すぐに体勢を立て直して走り出す。

「匠、貴様《きさま》!? 話が違うではないかっ」

背中に黒檀の声が届いたが無視した。

匠は屋敷のまわりで狼たちにまとわりつく鴉を、ぶんぶん腕を振り回して散らした。

花嫁を取り戻そうと襲撃してきた狼たちは、黒檀の屋敷をとりかこんでいた。動物園で見たことがある狼よりも、ずっと大きい。

あたり一帯に、血なまぐさい匂いが充満している。

真っ先に目についたのは、狼の群れの中心にいる体格の大きな美しい銀狼だった。

その毛皮に血が滲んでいるのを見て、匠は身を引き裂かれるような思いで絶叫した。

「いやだっ、月白、月白…っ」

群れに突っ込んでいって、月白と思われる狼の首を抱きしめる。

「若造、ずいぶん大勢でやって来たな。我の可愛い子たちになにをしてくれるか！」

「それはこっちのセリフだ！　婚儀を終えたばかりの花嫁を奪うとは、外道《げどう》のすることだ。匠に傷ひとつでもつけていてみろ、覚悟はしているな――」

獰猛に唸って月白が言った直後、バシッと音がして空気が裂かれた。バササッと音がして、空を飛んでいた鴉が電気ショックでも受けたかのようにぼとぼとと落下した。

草地の上で倒れた鴉たちがピクピク痙攣する。

「二社山から宝を奪った報いだ。相応の礼はさせてもらうぞ！」

「貴様ぁ～っ」

黒檀が背中の羽根をバッサバッサと大きく広げ、大気の壁を作った。それが固い障壁となって迫ってきて、狼たちは後ずさった。

匠は月白の怪我に一瞬我を見失ってなにも考えられなかった。

ただこれ以上の犠牲が出るのが怖くて、なおも対抗して攻撃しようとする月白を、匠は叫んで止めた。

「もういい、もういいいっ」

抱きしめる腕に力をこめる。

「月白、帰ろう」

そう頼むと、月白に舌でぺろりと顔を舐められて、背に乗るように言われた。

月白が怪我をしているのは明らかだったけれど、このままでは匠が足手まといになってしまう。躊躇している暇はなかった。

頷いて月白にしがみつく。

すぐに狼の群れが走り出した。黒檀に命じられた大鴉が匠たちを追いかけてくる。

匠は振り落とされないよう全身で月白の背に掴まった。狼たちに囲まれて、森の中を駆け抜ける月白の背中にしがみついていることに、恐ろしさは感じなかった。

ただ、無事に――。切にそう祈った。

狼たちの群れは途中一度もスピードを緩めることなく、二社山の月白の結界に飛び込んだ。明らかに空気が変わる。その違いをこれまでよりはっきり自覚できた。

大鴉たちはしばらく上空を旋回《せんかい》していたが、下りてくることはなく、そのうち諦めたようだった。

そこから山を駆け上り、鐘楼門を通り抜けて月白の屋敷の庭でようやく足を止めた。

「血がこんなに……」

改めてべっとり血塗れた背中の状態を見て、声が震えて真っ青になった。

匠は月白に抱きついて、なかなか腕を離せない。

「御代様とお嫁様がお戻りになられたっ」

屋敷に残っていたものたちが集まって騒ぎになり、悲鳴と歓声があがる。手分けをして怪我をした狼たちを屋敷の中に連れていく。

走り寄ってきた竜胆が開口一番にたしかめたのは、月白ではなく匠のことだった。

「匠様にお怪我はございませんかっ？」

「俺は大丈夫だっ。月白が！」

「匠様、そんな顔色をなさらなくて大丈夫でございますよ。すぐに御代様の手当てをいたします。御代様はとてもお強いんです、心配いりません」

匠の着物にも泥や月白の血がついている。汚れた着物を着替えるように言われた。

「落ち着いてくださいませ。どうか中に、そして皆にお顔を見せてください。そうしたらお嫁様がご無事であったと皆が安心いたします」

泣きたい気分だった。

月白やほかの狼たちの負傷は、匠の油断が招いたことだ。

「匠様。どうか屋敷の中にいてくださいませ、本殿の奥に……」

重ねて言われて頷いた。

匠は鼻を啜り上げ、顔を歪めて泣くのを堪えながら、負傷したものたちの手当てを手伝った。こちらへ来てから、ほとんど口を利くことのなかったものたちが、匠が近寄ると狼の姿で甘えた仕草をみせる。ひっくり返っておなかを見せてくる狼もいた。クゥンと鳴いて頭を擦りつけられて、匠は泣き笑いで頭や背を撫でた。

足を引き摺っているものはいても、立ち上がれないほどの重傷者が出なかったのがせめてもの救いだった。

本性の狼の姿のままでいるほうが力が解放され、また傷の回復も早いらしい。

匠は急いで皆に声をかけて回り、最後に月白のそばに寄るとホッとしてもう駄目だった。我慢していたつもりだったが、熱いものがこみあげてきて、狼の姿で横になっている月白に縋りつく。

「ごめん、ごめん……！」

背中に生々しい傷。血で濡れた毛皮の一部はすでに乾いて固まり、赤い粉になっていた。

体温があって、ちゃんと生きている。

月白の毛で覆われた耳を撫でると、大きな尻尾がパタンパタンと揺れた。

「すまなかったな。恐ろしかっただろう。黒檀のやつが匠に興味を示すと思わなかったんだ。もっと注意すべきだった。匠、怪我はしてないか」

手首に縄に擦れた跡と首に黒檀の爪痕があったけれど、数日で消える程度のものだ。

それより、狼の姿でも話せるのだと驚いた。

唸り声とはまた別で、頭の中に直接、月白の声が響いてくる感じだった。

「俺はどこも怪我してない」

匠は月白のおなかにそっと顔を埋めて、静かに嗚咽《おえつ》した。

「……ッ…」

「これぐらいの傷はどうってことはない。すぐに回復して夜には治る」

そばを離れない匠に月白が弱ったように鳴いて、ぺろぺろと手を舐めてくれた。

初めて見た狼の姿の月白は近寄りがたいほどの気高さがあり、とても美しかった。

「さ、治療をなさってくださいませ。傷を洗わせてください」

竜胆が薬草と桶を持って近くに跪いたので、匠は少し場所を譲った。頭のほうに回って、犬にするみたいに月白の耳の後ろを撫でると、太い前肢《まえあし》でじゃれついてくる。

「匠、大丈夫だ。そんなに可愛い泣き顔を皆の前で見せるなよ」

「な……っ、泣いてない！　気のせいだ」

鼻を啜り上げて反論する。

「そう強く首に抱きつかれると、その気になるじゃないか」

口元を狼の月白にベロッと舐められた。

長い舌に顔中舐められても別段いやらしい感じはせず、くすぐったかった。

「おまえ…っ、唾だらけになるだろ」

苦笑して、月白の頭をわしゃわしゃに撫でてやり返す。

「俺が守ると言ったのに、あんな目にあわせて悪かった」

「そんな…月白のせいじゃない。それにちゃんと守ってもらった。……ありがとう」

無意識に月白に頼っている自分の心に気づかされたようで、動揺しまくったことが急に恥ずかしくなった。

「もういい。出血は止まっている。――――片付けは今日でなくともいいから、皆に休むように伝えろ」

そう言って月白が立ち上がった。

「お待ちくださいませっ。まだお薬が塗れておりません」

引き止める竜胆の口はにっこりと微笑んでいるが、目の奥は笑っていない。だが月白は無視して行ってしまった。

「御代様はお薬がお嫌いで、触らせていただけないのです。傷が治るまでどこかにお隠れになられて……。匠様がおられますから、今夜は戻られると思いますが」

竜胆が困ったように匠を見る。

匠は竜胆から代わりに塗り薬を受け取った。

「匠様、そちらはいかがされました」

月白のあとを追いかけようとしたら、喉の鬱血《うっけつ》に気づかれて着物の裾を握られた。

よく効くお薬がありますと竜胆が言う。

差し出されたのは軟膏《なんこう》と丸薬だった。軟膏はともかく、丸薬はきつい薬草の匂いに、甘酸っぱい嗅いだことのない香りが混じっている。

口元に近づけると鼻の奥がツンとした。顔が強張る。

「お薬が苦手だなんて、小さな子供のようで、御代様には本当に困りますよね」

匠の表情に気づいた竜胆が、最高の笑顔でにっこりと言った。

手当てを終えたものたちは動いても平気なのか、無理をしているだけなのかわからなかったが、順に部屋を出て行ったり移動させられたりしていた。

匠に顔を向けてくるものは、たいていは安堵したような笑顔だ。…無事でよかったと。

誰も、匠を責めない。

「俺の不注意で、あんなことになってごめん」

「そのように謝られたら、匠様をお守りしなければならなかった私たちの面目が立ちません。どうかお許しくださいませ。ご無事でいてくださってありがとうございます」

「……」

竜胆にショックを引き摺らないようになさってください、と言われた。

どこにいるかわからない月白を探しにいこうと思って、一度部屋に着替えに戻った。

新しく仕立ててもらった長着を身につける。

「匠様、少し、いいですか」

男の声に考えを遮られ、そちらに顔を向ける。

「はい」

戸口で木賊が頭を床につけていた。その後ろに灰色の耳をした女の子の姿。

「木賊？」

呼びかけに顔を上げた木賊の目の横、こめかみから頬にかけて太く赤い筋があった。

「怪我したのか？」

聞いてから、鴉と戦った傷なんじゃないかと気づく。さっき手当てをした中に姿を見なかったが、群れでの襲撃に木賊も加わってくれていたのだ。

「軽い傷です。お守りできず、すみません」

「お嫁様っ、助けてくださってありがとうございました」

その後ろで女の子が高い声で礼を言った。

胸元に、木の上で匠が手から落としてしまった仔猫が抱かれていた。小さな身体をうんと反らして、もぞもぞ動いている。元気そうだ。

親とはぐれた仔猫はまだ生まれ落ちて数ヶ月で、たとえこの屋敷にいることが認められても、耳と尻尾のついた人の形になれるようになるには時間がかかるそうだ。

「いいよ、俺がもっと気をつけるべきだった。こちらこそ申し訳ない。……猫も無事だったんだな、よかった」

※　※　※

姿の見えない月白を探して、匠は屋敷の奥へ奥へと進んだ。

「あ、ごめん。気にしないでくれ」

目についたすべての部屋を覗いてみたが、屋敷のものを驚かせただけだった。夫婦ならこういうとき、自然と居場所がわかるのかもしれないが、なにせまだ新米だ。

「匠様、御代様にお会いできました？」

途中で竜胆と会った。

「いや。どこにいるのかわからない」

……月白に問い詰めたいこともあった。だが、会えなくてはそれ以前の問題だ。

「何年か前にも一度ございまして、そのときはしばらくお姿が見えませんでした。結界は緩んでおりませんし、そこまでの傷ではないと思います。お部屋で待たれていらしても大丈夫ですよ」

新婚ですもの、と竜胆がふふっと笑った。

「それから、木賊のことなのですが…」

竜胆が匠を見つめて声をひそめる。

「……木賊が月白に叱責《しっせき》されるのか？」

木賊だって、黒檀のもとへ匠を奪還《だっかん》しに来てくれた。責任を問うつもりなどない。

「事態が落ち着きましたら、お咎めがなにもなしというわけにはまいりません。……ですが、そうですね、御代様よりも先に、匠様が木賊に罰《ばつ》をお与えになると宣言されれば、まるくおさまるかと。二重に罰をお与えになる方ではございません。まして匠様がお許しになったものを、許さぬとはおっしゃられませんでしょう」

主である月白と結婚した匠が、木賊に罰を与えることは、立場上可能だと告げられた。

そんな勝手なことをしていいのかと思わないでもない。

「どっちにしても罰がいるのか…」


夜になって、月白が屋敷に戻ってきた気配があった。

匠は竜胆から託《たく》された塗り薬を手に、月白の寝床へ足を運んだ。

顔を見るのは数時間ぶりだ。待っていればそのうち匠の部屋に来てくれるだろうと思ったが、怪我の具合が気にかかって、早くこの目でたしかめたかった。

すでに月白は耳と尻尾以外は、人間と変わらない姿に戻っていて安心した。

あぐらをかいて、なにか熱心に書物を読んでいる背中に声をかける。

「——月白」

振り返った月白は匠の姿に驚いた様子だったが、目を細めてフッと笑う。

「夜這《よば》いにきたのか？」

いつもの月白だ。

「……そうだ。座っていいか」

そう聞くと布団の上を半分空けてくれた。寝巻き用の襦袢を着て、匠は手ぬぐいを衿元に巻いていた。首の痣をごまかすためだが、寝冷えもしのげてちょうどいい。

「なにかあったか」

月白の眼光がするどくなる。

「こっちのセリフだ。どこに行ってたんだ。……怪我したところ、大丈夫なのか？」

自分のせいで月白が血を流したショックは、まだ消えていない。もちろん負傷したのは月白だけではない。けれど、おそらく月白が一番強かったため、相手方に与えた被害も大きく、彼らから集中攻撃を受けたはずだ。

黒檀の屋敷を出たときの、あの凄惨《せいさん》な光景が目に焼きついている。

「大丈夫だと言っただろう。もう傷はくっついているぞ」

「本当に？」

そうだとしても、痛くないわけがない。やせ我慢しているのかもしれない。

月白の衿に手をかけて、背中をたしかめようとした。

「傷を見たい」

「駄目だ」

「なんでだよ。くっついたんなら見せてくれたっていいだろ！」

月白が「大胆だな」と薄く笑って手を止めさせる。

「……………治ったなんて、嘘なんじゃないか」

匠が疑いのまなざしを向ける。

「猫を助けたそうだが」

月白が話題を変えた。

「猫？　ああ、無事でよかったよ。可愛い子だ」

あの見習いの女の子は虹《にじ》という名だった。

鐘楼門の外で飼うにはまだ幼すぎるため、もう少し大きくなるまで面倒みたいと言っていた。誰かの預かりという形にできればいいが、しばらく手がかかるだろう。

「匠は——弱っているものや、怪我をしているものには優しくするんだな」

気に入らなさげな言い方に、今言わなくてはと思った。

「なんだよ。ヤキモチか？」

月白の顔が図星をさされたように一瞬カァッと赤くなった。

それに匠は小さく微笑んだ。

月白の態度は横暴でわかりにくいときもあるが、自分の言葉を守ろうとする一途な面がある。だから、おそらく表には出さなくても、匠を守れなかったことを悔《く》やんでいる。

「木賊には俺が罰を与える。それでいいか」

「…………」

「俺が危険な目にあったんだ。俺が決めたい」

「どんな罰を与えるつもりだ？」

きっと近くにいるだろう、と呼びつける。

「木賊、こちらに来てくれ」

木賊が入ってきて匠の前に平伏した。

「俺から目を離した罰を与える」

実際に木賊が目を離したわけではないけれど、ほかに言いようもない。

「——はい」

「俺が助けた仔猫を、独り立ちできるようになるまで、木賊が面倒見てくれ。支障があるなら、ほかの誰かに手を借りてもいい」

ここに置いてやっていいだろう、と横を見る。月白はもう好きにしろ、という顔だ。

それから匠は、寝所で月白と一緒にいるときは主が守ってくれるのだから、木賊は近くにいる必要はない、閨での振る舞いを知られるのはいやだと訴えた。

「……そうだな。おまえがいやなら、寝所には近づけないようにしよう」

月白も納得してくれた。

木賊を下がらせてから、匠は月白に寄り添って言った。

「新妻から、お願いがある」

「…………なんだ」

「俺は怪我人が大好きなんだ。背中の傷を見せてくれ」

「…おい、匠……っ」

言うなり月白の尻尾を足の裏で押さえ込み、帯を解く。肩から長着をめくって背中を露にさせた。

「おまえ、そんなに必死になるな…っ」

匠の乱暴さに、月白が苦笑する。

抵抗はされなかった。背後でじっくり傷をあらためる。背中から首のあたりまで、大小いくつもの傷がついていた。噛み傷というよりは、刺し傷に近い……。

傷が鋭利で深そうだ。酷い傷は抉《えぐ》れて薄いピンクの肉がばっくりと露出している。色が薄いのは失血しているんだろう。

「じっとしてろ」

皮膚が裂けている部分に、預かっていた傷用の薬をそっと塗布する。縫ったほうがいいんじゃないかと思われる傷もあったが、すでにくっつきかけているし、こちらでそういう手術ができるかはわからない。なにより月白が承知しなさそうだ。

匠は揺れて邪魔になる尻尾を、自分の足のあいだに挟んだ。

ぶつぶつと「変な匂いがする」「臭い」「沁《し》みる」「いやがることをするな」「嫌いになるぞ」と、威厳もへったくれもない文句をつける月白を宥めながら、背中にたっぷり薬を塗ってやった。そしてほうっておくと開きそうな傷を手で圧迫して、さらしを巻いた。

小さな傷は少しおけば薬が乾くはずだ。

「もうしばらくこのままでいろ」

顔を顰めっぱなしの月白に、一応「嫌いになったか？」と聞く。

「新婚だから許してやる」

「よかった」

匠は笑って薬を片付ける。

……しかし、匠が原因の怪我とはいえ、毎晩宥めて薬を塗るのは大変そうだ。

月白の身体には、新しくついた生々しい傷以外にも、たくさんの傷跡があった。よく見ると腕や足にも、そうとう組織を痛めたと思われるような、完全に皮膚の色が変わってしまっている部分もある。傷の再生能力は高いのだろうが、痛々しくて、過去に戻って手当てしてやりたいと思った。

「なるべく怪我しないでくれ」

「怪我人が好きなんじゃなかったのか？」

「………………」

「匠が俺に抱きついて、泣いたのはうれしかった」

「……あのときは、月白が怪我して驚いただけだ。泣いてない」

「そうか、俺のためか」

「えっ……いや……」

月白の顔が間近に迫る。顎を掴まれて軽く口付けられた。

「俺のためだろう。そう恥ずかしがるな」

「月白……──わかってて聞くな！」

もう二度とあんなことが起きてほしくない。心臓に悪すぎる。

「なあ匠。黒檀のもとから、いったいどうやって抜け出したんだ？」

匠を攫った大鴉、黒檀は二社山の西に広がる緑永の森の主だ。

「……それは」

黒檀の屋敷は、外から見ると細長い塔のような形をしていた。

匠を取り戻すために襲撃してきた狼の群れに、鴉たちが一斉に応戦していた。

あのとき、自分が人質として足枷《あしかせ》になっているのだと、匠は黒檀の元から抜け出す方法を探った。念のために確認する。

「黒檀は敵というわけではないんだろう？」

「……少なくともこれまでは、敵ではなかったな。だからといって、山を治めるのに特に協力もしていない。対立してこなかったのは、守護する領域が重ならないからだ。よほどのことがない限り、よそのことには干渉しない、手を出さない不文律がある。神と神の争いは問題が大きくなるからな。揉めたとしても、せいぜい下っ端の小競り合い程度だ。黒檀は派手好きでふざけた性格をしていると聞くが、それほどばかではないという話だ。……どうして匠を狙《ねら》ったのかわからない。ただ人間に興味があるだけなのか」

そんな話は聞いていない、と月白が言う。

本来、領分が違うほかの眷属と争うことはめったにないのだそうだ。親交はあっても礼儀上のもので、特に親しくない相手。

それは匠も感じた。黒檀は二社山の花嫁に興味を持ったんじゃない。

からかうだけのつもりなら、婚礼のあとに花嫁を攫うなんてのは冗談にしてはやりすぎだ。もちろん、人間だから攫ったわけでもない。

黒檀はからかったんじゃなく、本気で匠から『それ』を手に入れようとしていた。

一目見たら忘れられない変わった人物。あの異常な興奮から、黒檀が美しいものに執着するのだとわかって、匠は大胆にも駆け引きに出た。

攫われたことに文句はあるが、結局なにも奪われずにすんだ。

匠は駆け引きの途中で、ある重要な情報を得ていた。

「黒檀は、俺の喉になにかキラキラ光るものがあると言っていた。………わかるか？」

「喉？」

匠は手ぬぐいを外して月白の前に首を晒す。

「それがほしいと言われたが、俺の喉にはなにもないはずだ。気管支は少し弱いけど、喉を手術したこともないし」

「……俺にも光るものは見えない。ただ、なにかここに封印《ふういん》されているのかもしれない」

よくわからんが不自然だ、と月白が首をひねる。

「今まで気づかなかったな。ところで、なんだこれは」

「だから俺もわからないって」

「この赤く痕が残っているのはなにかと聞いている。痛くないのか。手首も擦り剝けてるな。どうした」

匠の喉に触れていた月白が憤慨《ふんがい》して鼻を鳴らす。

隠していたつもりだったのがばれた。さすがにいくらよく効く薬だとしても、数時間で痕がきれいに消えてしまうほどではない。

「ああ、喉から取り出せないのかって、黒檀に少しひっかかれただけだ。竜胆が軟膏をくれたから塗っている。気にするな」

「ひっかかれた？　ほかには？　黒檀になにをされたんだ？　隠してないで全部言え」

迫ってきた月白の勢いに負けて、布団に後ろ手をつく。

匠は目を伏せて、言おうか言うまいか逡巡《しゅんじゅん》した。

「――黒檀と友達になった」

「なんだそれは⁉」

※　※　※

黒檀と話をしたことで、匠は人間の世界に戻る方法があることを知った。

匠はその話をどうやって切り出そうか、数日悩んだ。

月白の背中の傷がある程度癒えるまでは、この話を持ち出したくないと思っていた。かなり露骨にそれに関する話を避けられていたので、「黒檀と友達になった」と匠が言った時点で、月白は薄々勘《かん》づいていたのかもしれないと思う。

怪我をした翌日には、大きめの傷はまだ少し血が滲んでいたけれど、小さな傷はすでにくっついて少し腫れている程度にまでなった。

数日薬を塗り続けて、皮膚の一部が盛り上がって硬くなった。どうやら化膿や後遺症などはなさそうだと判断して、月白に須美ヶ丘に連れていってほしいと頼んだ。

屋敷内では話したくなかった。

今日は風の音が強い。ゴォッと唸るような響きの中で、月白に尋ねる。

「……黒檀は俺を人間の世界に戻せると言っていた。人間をこちらに呼ぶ力のあるものは、送ることもできるというのは、本当か？　月白にはできないのか」

人間の世界には戻れない、諦めろ、と月白は何度も言っていた。だから……。

月白は表情を動かさなかった。

「答えろよ！」

悔しかった。

匠にとってこれがどれだけ重要な質問であるか、わかっているはずだ。

「……なぜ黙ってるんだっ」

月白の反応に、怒りよりも悲しさが溢れてきた。

「できるのか、できないのかっ？」

「――できる」

月白は低く呻くように、ただ一言答えた。

匠は月白を思い切り引っぱたこうとした。だが月白がぴくりとも動かないのを見て、手を下ろした。代わりに、月白の着物の衿を掴んで揺さぶる。

「戻れないって言って、俺を騙したな？」

震える声で責めた匠に、月白は弁解しなかった。

……考えてみればわかることだった。呼ぶ力があるのに、送り返せないわけがない。

「どうして……っ」

「十九年待ったんだ。匠と結婚したかった」

「……ッ」

なにかを口にする前に、月白に強く抱きすくめられる。

「ずっとここにいろ」

月白の望みはわかっていた。長いあいだ、匠との再会を待っていたのだ。

――月白を愛しく思う気持ちが自分の中にある。だから結婚したのだ。だけどそれと同じくらい、人間の世界に未練がある。悩んだけれど、どちらも捨てられない。

「俺は、おばあちゃんに育ててもらったんだ。まだ、なんの恩も返してない」

「ああ」

「おばあちゃんに会って、謝りたい」

「…ああ」

「親にも会いたい……」

母親にも、父親にもどれほど心配をかけているか。普通に考えて、見知った土地で迷子になるわけがない年齢の匠が、姿を消したのだ。

匠は瞼を閉じて、心のうちにある感情の波が鎮《しず》まるまで、月白の腕の中でじっとしていた。月白を恨《うら》んではいない。大切にしてもらったとわかっている。

だから黒檀に人間の世界に送ってくれと頼まずに、どういうつもりだったのか直接気持ちをたしかめたくて、月白の元に戻った。

この世界だって好きだ。……月白と結婚して、好きになった。

だけど人間の世界に帰ることを、このまま諦めてしまえば一生後悔する。

「結婚するときに、約束しただろう」

人間の世界に帰る方法が見つかったら、帰してくれると。

「ああ。約束した」

硬い声での月白の短い返事が、切なく胸に響いた。

「月白」

端境で再会したときとは、全然違う気持ちで名前を呼ぶ。

「……………なんだ」

「俺は、月白と結婚したことは後悔してない」

「そうか」

少しだけ月白の声が柔らかくなる。髪にキスされて、匠は顔を上げた。

月白の肩越しに見た視界が、真っ赤だった。

「すごい……空が焼けてる」

こんなにも赤く燃えあがるような夕焼けを見たことがなかった。

赤、オレンジ、紫の絵の具をまとめてひっくり返してぐちゃぐちゃにしたような中に、ときおり白い雲の影が見え隠れする。赤い空を鳥が渡っていく。

匠はその荘厳《そうげん》な光景を、強く目に焼きつけた。

※　※　※

匠が再び端境を越えて、人間の世界に戻ってから八ヶ月。

すっかり元の日常を取り戻したが、戻った当時は大変だった。

匠があちらの世界にいたのは約三週間。

そのあいだに、祖母の真紗子の手術は無事に終わっていた。帰国した両親が、匠が行方不明になったことを真紗子には伏せておいてくれたらしい。

真紗子が術後のリハビリをして退院直前に、匠が戻った。あとになって話さざるをえなかったとはいえ、入院中の祖母に黙っておいてくれたことに感謝した。

そのぶん出張先から帰国した両親に、かなりの心労をかけてしまっていた。

山で行方不明になっていたあいだのことを、家族、警察、検査を担当した医者、同僚……噂を知ったいろんな人間に、詮索《せんさく》された。

匠は一貫して「よく覚えていない」と言い通した。

匠は怪我をしていなかったが、念のため精密検査を受けさせられた。健康上の問題はなにも出なかった。無断欠勤をして迷惑をかけた職場に謝罪にいくと、健康に問題がないのなら早く仕事に復帰してくれと頼まれた。

匠の不在で、よほど仕事に支障があったらしい。当時の上司は畑違いの人間で、あとは新人しか残っていないとなれば、中堅社員の匠の力は大きい。

山での不慮の遭難事故という扱いにしてもらえて、クビにはならなかった。

匠が職場復帰して半年ほどで、上司が異動になって匠はシステム室長に昇進した。


「はあ……」

病院の職員用食堂で食事を終えて考えこんでいた匠の横を、ボタンを止めずに白衣をひっかけた格好の八神が通りかかった。

「でかいため息だな。今日のA定はなんだった？」

食堂のA定食はメインが肉、B定食はメインが魚でメニューは日替わりだ。

それ以外は、うどんやラーメンの麺類、それにパンしかない。

「ハンバーグだった」

「よし。取ってこよう」

ランチ定食は、午前十一時から午後三時まで。午後一時をすぎるとだいたいは選べなくなっている。そして今は午後一時十分だ。

案の定、八神は塩サバ定食をトレーに載せて戻ってきた。

「で？　なんだよ。院長になにか文句でもつけられたか」

「違う。これ」

匠は白い大判の封筒を見せた。

院長の自宅のパソコンの調子が悪いというので、勤務時間外の、しかも休日に様子を見に行かされた。その帰りがけに、この白い封筒を鞄に入れられていた。

……中身は、女性の写真と釣書《つりがき》だ。見なくてもわかる。

「あれ、前回のやつどうなったんだ」

「断ったよ。会ってない」

「おまえ、都合よく扱われてんだよ。院長ンとこって、見合い相手紹介してくれって申し込みが多いんだろ。そんできっと、女の人のスペックが医者向きじゃないのを、おまえに回してんじゃないのか」

「スペックは見てないから、どうなのか知らないが……。これをいちいち院長の家に返しにいくのがいやなんだ。宅配で送ったら、礼儀上まずいだろうか」

上司に紹介してもらった見合いになる。……こちらから頼んだわけじゃないが。

行方不明になったことで、かえって院長によく目をかけてもらえるようになった。

そして匠がシステム室長に昇進してから、院長のこの見合い攻撃が始まった。

「直接断らなけりゃ、また呼び出されるだけじゃないか。二度手間になるぞ。最初から見合いする気ないいんだろ？　さっさと断ったほうがいいんじゃないのか」

「一日で断ったら、早すぎる、少しは考えてみろって、こないだ怒られたんだ。付き合ってる相手がいるから結構ですって言っても、会うだけ会えってしつこい」

「遠距離恋愛だっけ。おまえあんまり恋人のいる気配がないから、嘘だと思われてんじゃないの。指輪もしてねぇし、仕事も毎日遅くまでやってるし」

「……嘘じゃない」

ここでは、匠がすでに結婚しているということを証明する手立てがない。

たしかに決まった相手がいる匂いは薄いかもしれない、という自覚があった。

「指輪か……。それで諦めてくれるなら、指輪ぐらい買ってもいい」

「結婚しないいんなら、結婚できない相手だと思われてんのかもな。まあそんだけ可愛がられてるってことだろ。断るにしても無下にするんじゃなくて、一度会ってからなら、院長の顔も立つし、それで気に入らないなら院長だって無理には薦《すす》めないんじゃないか？」

「根本的に、そういう問題じゃないいんだ」

「んじゃ、どういう問題だよ」

匠は曖昧《あいまい》に笑った。

そばにいないからといって、月白を裏切るような真似はしたくない。

「俺の昼休み終わりだ。もう戻らないと。……あ、八神。来週の土曜日、二社山に行くのは大丈夫か？」

「大丈夫だ。ちゃんとあけてある。救急待機もない」

「ありがとう。助かるよ」

「気にするな。俺も楽しみにしてる」

八神に軽く手を上げ、匠は空になった食器を乗せたトレーを片付けて食堂を出た。

勤務先の病院から、匠の自宅マンションまでは車で十五分ほどだ。

仕事帰りに大通りの駐車スペースに車を止め、歩いて商店街の中に入る。いくつか宝石店を見て回った。正直、店の善し悪しはよくわからない。

匠でも名前だけは知っている店に入り、シンプルな結婚指輪を買った。ついでに祖母の誕生日プレゼントになにか選ぼうと思って、店員に相談した。

「指輪の内側に刻印をお入れしますか？」

イニシャルか日付だけならサービスで無料だと聞いて、日付を入れてもらうことにする。

「お式は去年だったんですね」

店員がにこっと笑ってくれた。

……結婚指輪をうっかりなくした亭主だと思われたかもしれない。

祖母へのプレゼントを包んでもらっているのを待つあいだ、もらったパンフレットをパラパラと見て、あ、と思った。

あとから気づくとは間抜けだが、ジューンブライドだったなと思う。

六月の花嫁は幸せになる。

そういうくだらない話だって、月白にすればよかった。

きっとおもしろがって喜んだだろう。


こちらの世界に戻ることで、記憶を失ってしまうことを一番恐れたのは、匠自身だ。端境を越えた人間が元の世界に戻るとき、なんらかの代償が必要になる。八歳のときには記憶を失った。だから、またそうなるんじゃないか、と思わずにいられなかった。

どうか記憶を残してくれと、強く願った。

祖母の庭にある祠に戻ってきたとき、ふと見上げると、祠を守るように立っていた巨木が枯れていた。それが代償になってくれたのかはわからないが、匠は月白のことを忘れていなかったことが嬉しくて、地面に突っ伏して泣いた。

絶対に忘れたくなかったのだ。

……忘れていた場合に備えて、向こうで起こったことを、筆で紙に書きつけて持っておいた。だけどもし記憶をなくしていたら、それを読んでも、ただの御伽話《おとぎばなし》だとしか思えなかっただろう。

戻る前に、月白と何度も話し合いを重ねた。

「匠、ずっと人間の世界にいるつもりなのか？」

人間が端境を越えて戻るのには、代償が必要。だからリスクがある。

そう気軽に行き来できないと言われて、考えてみた。

月白を人間の世界に連れていけないだろうか？

それは難しいだろうか……。

狼の姿の月白なら、人里から少し離れて暮らせば犬だとごまかせる、と思う。

ずっと一緒にいる、という約束は反故《ほご》にしてしまう形になるけれど。

……匠の希望としては、それが一番いい。

「俺に会いたいなら、月白が会いに来られないのか？」

端境に道を通すことができる力のある眷属ならば、本人は来られないのかと思ったのだ。

「行けなくはない。だが、この力は二社山を守護するために与えられているものだ。そう長くは山を空けられない」

それでも、月白が端境を移動することはできるのだとわかった。

通い婚になるが、匠が移動するより明らかにリスクは低いと喜んだ。

匠が人間の世界に戻ったときに、月白と結婚したことを覚えていることさえできれば。

祖母の真紗子は心臓の手術後、一時は病状が回復して元気になって、倒れる危険性もかなり減った。だがやはり体力はあまり戻っておらず、日常生活もひとり暮らしは勧《すす》められないという医師の判断だった。なるべく自宅の近くで暮らしたいという希望により、二社山を眺めることのできる、地元のケアホームに入ることになった。

本人はまったく納得してなくて、山に帰る気満々だ。今のところ、平日はホームで過ごし、週末は匠ができるかぎり祖母を送り迎えして、一緒に二社山の家に泊まっている。

よかったことがひとつあった。

月白が匠のもとへ通ってきたとき、二社山の家で過ごせる。

山奥で人が通らず、匠が食料を持ち込んで寝泊りしていても怪しまれない。

ただ、いくら山奥といっても人間の世界だ。どこに人目があるかわからない。

人間から見れば不審な耳と尻尾がある姿で、月白にうろうろされるのは困る。

問題が起きたとき、匠は月白を完全にかばえる自信がなかった。

月白はあちらの世界で、匠を守れるだけの力を持っていたが、匠にはその力がない。

だから決して目立たないように、こそこそ行動するしかなかった。

サラリーマンの匠は、平日の休みは取りにくい。月白にも都合があって、神事との兼ね合いで、いつでも自由に行き来できるわけではないという。

遠距離恋愛の悩みと似ているが、違うのは携帯電話がないこと。

好きなときに月白と連絡をとることができないのは、やはりかなりさみしかった。

困ったのは、それだけじゃない。

月白には本性の狼の姿で来てくれるように頼んでいた。しかしそれだとこちらでは向こうにいたときのように、スムーズに会話ができないのだ。

匠の問題なのか、月白の問題なのかは不明だが、吼えている声にしか聞こえない。

それで耳と尻尾のついた姿になってもらい、家の中で過ごしていた。

狼を連れていける場所は限られていて、案内したくてもあまり外には出せない。

戻ってから月白は二度、匠に会いに来てくれた。

どちらも一晩だけ共に過ごし、月白はあちらの世界に帰っていった。

次に会う約束ができたのは、三ヶ月後の六月だ。

ちょうど結婚して一年。

少し長く休みをとって、一緒に過ごしたいと考えていた。

ベッドに入って目を瞑ると、月白の寝息を思い出す。

匠の膝の上で気持ちよさそうに昼寝したり、匠が月白のおなかを枕代わりにしたこともあった。……手触りのいい尻尾を触りたくなる。

匠は夢の中に会いにきてほしいと願いながら、眠りについた。

※　※　※

三月下旬の土曜日。祖母の真紗子の七十一回目の誕生日だ。

暖かくなって雪解けしたため、山への出入りが格段に楽になった。山のあちこちで雪解け水の流れる音が聞こえる。

森の緑も少しずつ色づいて鮮やかになって、春が近づいている証拠だ。

「この家に来るのは久しぶりだ。築何年だっけ？」

八神が匠のあとに続いて、玄関を開けて中に入る。廊下を歩くと床板が少し軋《きし》む。

「人が住んでないと、木造の家ってどうしても傷んでくるな。……建てたのは父親が中学生のときって言ってたから、四十年は越えていると思う」

平屋の広い家屋で、半世紀近く前に建てられたものだ。

生活に使っている母屋の水回りには修繕の手が入っているものの、老朽化《ろうきゅうか》は否めない。

昼のうちに荷物を持ち込んで、今夜はここで祖母の真紗子の誕生日パーティーをするつもりだった。まだ水道もガスも電気も使えるようにしていて、泊まるのに問題はない。

両親は出張先で、せっかくの誕生日なのにふたりではさみしいかと思って、祖母が気に入っている八神も誘った。

最近、真紗子の体調があまりよくない。大好きな山の家で、ただ三人で豪勢《ごうせい》な食事をするだけでも、真紗子の気持ちが明るくなればいいと思った。

なにより医者である八神がいてくれれば、匠も真紗子を連れ出しやすく、安心できた。

「近所に挨拶にいくか？」

真紗子のことがあるので、ここに来たときにはなるべく顔を見せて、挨拶するようにしている。八神は真紗子と同じ村出身で、かつて二社山の麓に住んでいた。

「顔を出すと、お茶が出て帰れなくなるんだよな……」

「ははは。八神は人気者だからな。この村から優秀なお医者様が出たって、自慢で誇りなんだろう」

八神は幼い頃から村で一番賢くて、周囲から天才扱いされて育った。

村に子供は少ない。同年代の子供からは話のレベルが合わない、と遠巻きにされていて、浮いた存在だった。そこに、村の外に住んでいた匠が学校が休みのたびに遊びにきて、山に秘密基地を作りたいと誘うようになった。小学生の一時期よく遊んだ。

性格は少々ひん曲がっていて素直じゃないところがあるが、根っからの悪人ではない。

進学の都合で中学のときに一家で村を出て、近くの街に引っ越した。

田舎の学生の遊び場所は限られている。その後も何度か街の店先で姿を見かけたことがあった。匠が八神と同じ職場になったのは、ただの偶然だ。

約二年前、高校卒業以来、八年ぶりに院内で再会して驚いた。

同い年だが仕事内容も立場も違うのが幸いして、比べられて張り合うこともない。

里が知れている気楽さから、上司の愚痴《ぐち》や、同郷の懐かしい話をして、たまに酒を飲みに行くような付き合いが続いている。

「匠の人気には負ける。どの家で挨拶しても、必ずおまえの話が出る」

「あー……」

匠は父親が村を出ていってから生まれたので、住民登録上、村の住人だったことは一度もないけれど、久龍天神社の血縁者として話題に事欠かない。

それは八神のように頭がいいという理由ではなく、悪い意味で目立っているのだ。

沢に落ちて救助隊を出してもらったり、煽られて車ごと崖下に転落するという死んでもおかしくないような事故にあっているのに、奇跡的に命が助かっている。

その中でも、匠が神隠しにあって無事に戻ってきたという話は、村の年寄り全員が知ったような顔をして語る。

そして昨年、表向きは山での遭難事故という、また新しい話題を提供した。

「……挨拶は今度にしよう」

時間をとられるから、と今回の挨拶はやめにした。

家の中を整えて農家の取れ立て野菜を直接買える市場まで買い物に行き、その帰りにケアホームに寄って、真紗子を連れてきた。料理はすき焼き鍋だ。

ケーキやお菓子も買い込んだが、真紗子の食欲がかなり落ちているのが心配だった。

なにかあっても車の運転は匠がするので、付き合ってくれた八神には高めの日本酒を買ってやった。

祖母を炬燵《こたつ》でテレビでも見ながら待たせて、八神とふたりで台所に立つ。

「匠、すき焼きにトマト入れたら美味しいっていう新説がある」

「それでトマト買ってたのか。別の鍋でやれよ」

「いいじゃないか。真紗子ばあちゃんも食べたいって」

話しながら洗った野菜を切って、春菊、白菜、白葱《しろねぎ》、玉ねぎ、しらたき、えのき、豆腐をカゴに盛る。トマトと肉は別の皿に乗せた。

「そんなにいっぱい買ったん〜。美味しそうやな。ふたりともいっぱい食べてくれんと」

卓上コンロの鍋に火をいれて、調味料を横に置いた。

味付けを祖母にまかせる。真紗子が鍋に油を引き、肉を焼き始めた。

いい匂いが漂ってきて、具材がぐつぐつと煮えるのを見てると、幸せな気持ちになれた。

日が暮れると気温がぐっと下がった。寒い夜の鍋は最高だ。

「雪が積もってしもて、しばらく来られんかったから、ここで誕生日を過ごせるんは嬉しいわぁ。八神くんもわざわざ来てくれて、匠も、ほんまありがとうね」

「せっかくの誕生日だし、おばあちゃんに食べてほしくて買ってきたんだ。ほら食べて」

国産の特選牛肉を、とろっとした新鮮な生卵にくぐらせて食べる。

八神も昔よく遊んだこの山は落ち着くようで、家族団らんに馴染んでいる。

「ここへくる途中の道は私道なんですよね？」

「そうや。別に誰が通ってもいいんやけど、見るもんはないのよ。久龍天神社の参道《さんどう》から
も離れてるから」

「この近くで遭難したのか？」

突然匠に話を振られて、「……そうだ」と頷いた。

去年の事件のことは、八神も聞いてはきたが「覚えてない」と言えば、それ以上深く追
及してこなかった。

「その話を聞かれるのはいやなのか？」

「別に。記憶がないことは答えられないだけだ」

聞きたい気持ちはわかる。匠だって、友人が事件に巻き込まれて無事だったら、真相は
どうだったのか知りたいと思う。

だけど誰に聞かれても、納得できるだけの説明ができなかった。

「この山で遭難二回って、神隠しっていう噂は違うのか？」

「……神隠しかもな」

それを否定する気持ちはない。事実だ。

ただ神の眷属にあちらに呼ばれて結婚しました、なんて話したところで、信じてもらえないのはわかっている。

「おばあちゃんだって、神隠しにあったことがあるって聞いてるけど……。そのときのことを教えてほしい」

匠は真紗子に一度も直接聞いたことはなかった。それを問うことは、父親の父親、つまり不在の祖父について問い詰めることになるからだ。

機会があれば質問してみたいとずっと思っていた。

「それねえ。もう昔のことやからねぇ……別に聞かれてもええんやけど、ほんまに覚えてないんよ。残念やけど」

匠も一度目の神隠しのことは、さっぱり記憶がない。

「……あっ、勝手にトマト入れやがったな」

「これたぶん旨いよ。真紗子ばあちゃん、食べてみて」

真紗子が肉を少し皿に取り、ゆっくり話してくれる。

「だから産まれたんは山神さんの子や、言われて。喬《たかし》は可哀相やった。あの子の山嫌いは、それのせいもあるんよね。あぁ、もうおなかいっぱいやわ、残ったお肉食べてや」

喬とは、真紗子が神隠しで身ごもって産んだ子供。つまり、匠の父親だ。

「お父さん、全然村に顔出さないもんな。結婚は……おばあちゃん、なんで結婚せんかったん？　子供おってもええいうてくれる人、おらんかった？」

普段も仕事でも方言は使わないが、祖母と一緒にくつろいでいると自然と口調が移ってしまう。

匠は暑くなった、と炬燵から足を出して、煮えたぎっている鍋の火を弱くした。

「おらんこともなかったから、何回か見合いはしたんよ。せやけどねぇ、なんか裏切ってるような気分になって、結婚したいて思わんかった」

「本当に山の神様と結婚したんだって、思わなかったんですか？」

八神の軽い質問に、ドキドキした。

匠にとって祖母の真紗子は特別な人間だ。血の繋がり以上に、自分に近しい存在だと感じていた。それには理由がある。

匠は幼い頃、忙しい両親に代わって頻繁に祖母の家に預けられて、面倒を見てもらっていたが、成長過程で言葉が出るのが少し遅かった。

それでも祖母の真紗子とは、話さなくとも意思の疎通ができ、匠の言いたいことが伝わっていた。父親もそうだったとあとで聞き、四歳を過ぎてからは急成長したため、発達に問題はないとされた。

真紗子が人の気持ちに聡《さと》いのは子供にだけではなく、村の大人に対しても、相談役のようなことをやっている。

「そうやったかもねぇ。昔は冗談でそんなん言うとったけど」

「ここの山の神様ってなんだっけ？　あ、久龍天神社だから龍か」

八神はひとりで納得している。

その話を聞いて、匠はもしかしたらと思った。

「……おばあちゃん、山の神様と結婚したと思ってるから、山に住みたいの？」

「それやったらええけどね。理由なんかわからん。生まれて育った土地で死ねたらええ。……けどほんまに神様と結婚しとったら、こんなにほったらかしはないと思うわ～。山を離れたくないって思うんも、片想いみたいでせつない話やし」

現在から遡《さかのぼ》って五十五年前の出来事。

……月白もまだ生まれていないな、と漠然《ばくぜん》と思った。

匠が向こうの世界にいれば、誰か覚えているものがいるか聞けるだろうか。

「喬が小さい頃は、龍神さんが夢に出てくるって言うてよく泣いてたわ。あの子、蛇《へび》とかきらいやから、龍が怖い言うてね。匠もそんな夢見るって言うてたことあったやろ。そんなん見たことないから、羨ましいわ。見てみたい」

インテリで頭のいい父親も、かつて子供の頃、沢に落ちた経験があったそうだ。

幸いにも無傷だったが、それ以来、もともと室内で勉強しているのが好きだった彼は山で遊ぶのをやめてしまった。親子でも性格がかなり違う。

「喬と匠は、小さい頃は似たような騒ぎを起こしてたんよ」

共通点が多い。親子だから……？

去年の匠の遭難事故は、昔なら危ないことをするなと激怒だっただろうが、匠の無事な姿を見て、父親に男泣きに泣かれてしまった。祖母の手術への心配も重なって、ずいぶん痩せて見えた。だから、帰ってきたのは正しかったと思った。

あのまま二度と家族に会えなければ、親不孝もいいところだ。

「じゃあ、匠も親父さんも、山の神様の血筋なんじゃないか。………おー、腹いっぱいだ。うどんは食えない。明日、焼きうどんにしようぜ」

畳の上に身体を伸ばして、からかうように八神が言った。

神隠しのあと、そう言われていた時期もある。

「まあ、そうかもな……」

軽く言い、匠はすき焼きの鍋を片付けに立ち上がった。

「けど、匠。あんまりよそでそんなん言うたらあかんよ。頭おかしい言われるで」

祖母がやんわりと釘を刺した。

「――わかってる」

※　※　※

病院の診察受付は午前中まで。午後は面会者の出入りが多くなる。

ロビーや待合室には、まだ診察の順番待ちをしている患者、処方薬の受け取りを待つ人、それにただの暇つぶしの年寄りも座っている。

「どうも、こんにちはぁ」

一階ロビーを通り抜けようとした匠に、セミロングの髪を内巻きにカールした女性が近づいてくる。以前にコンビニの場所を案内したことがある女性の通院患者だ。

「こんにちは」

とても病人とは思えないほど、きちんと化粧をしている。

匠の好みではないが、世間的には美人といっても通用するタイプだ。

「どちらへ行ってらしたんですか？」

「え？」

たまたま八神と話し込んでいるところを見られたことがあり、病院職員だとばれてしまっている。この二ヶ月ほどよく話しかけてくれるのだが、匠は相手の名前も知らない。

「――コーヒーを買いに……」

「ご自分のタンブラー持ってらっしゃるんですね！　素敵です。あのぉ、よかったらどこのお店か、案内してくれませんか？　私もコーヒーが飲みたくなっちゃった」

出勤時と帰りは通用門を使うため、匠がロビーを通るのはちょっと買い物に行くときくらいで、時間もばらばらだ。なのに高確率で彼女に遭遇していた。

病院の患者さんだ。そう冷たくもできずに、いつも対応に困る。

「すみません。仕事がありますので。コーヒーは禁止されてなければ、地下の喫茶店でも飲めますよ」

丁寧に愛想笑いで伝え、匠はそそくさとその場をあとにしてシステム室に戻る。

匠がシステム室長に昇進してから、新人がひとり入った。

教えなければならないことはまだまだ多いが、前室長が抜けて、システム部員はふたりになっていたのが三人体制に戻り、休みをとりやすくなった。

来週の月曜と火曜、匠はプライベートな理由で有給休暇を申請している。

六月、土日をいれて四連休。準備をして月白を迎え入れる。

今回は時間がある。二社山の祖母宅にこもりきりにならず、どこかに月白を連れ出したいと思っていた。

あの耳と尻尾さえ隠せれば、どこにでも行けるのに……。

耳は帽子で隠せないこともないが、問題は匠のお気に入りの大きな尻尾だ。

月白にひっこめられないのかと聞いてみたら、方法を調べてくると言っていた。

あまり期待していない。無理なら無理で、狼の姿で車に乗せて移動して――やはり人気のない場所に泊まるしかない。

貸切のロッジかコテージ？　山じゃなく、海に行くとか……。

いくつかプランを考えて、月白に選んでもらうつもりだった。

匠は四連休を月白と過ごせることをとても楽しみにしていた。

パソコンの前で仕事の手を動かしながらも、ちらちらと卓上カレンダーに目をやった。


月白がくるという約束の日の前日、匠は仕事のあと二社山の祖母の家に向かった。

そして朝早くからそわそわして、庭にある祠の前で待機していた。

「本物か？　その格好……どうやったんだ⁉」

久しぶりに会った月白の格好に、匠は驚いて目を輝かせた。

万が一、見られることを想定して、月白はごまかせるように狼の姿で現れる。

それが今回は、人間と同じ肌色の耳が横についていて、尻尾がなくなっていた。

「宝物殿をひっくり返して調べたら、人間に化ける玉を見つけた。ずいぶん昔に、これで冷やかしや悪戯でもしていたんだろう。——匠」

名前を呼ばれるだけで、再会の喜びに身体が震える。

「元気にしていたか」

「月白は？　これ、どうなってるんだ？」

匠は月白に抱きつかれて、首や髪、顔にキスされながら、尾てい骨のあたりを撫でてみた。本当になにもついてない。

「玉っていうのは？　どこにあるんだ」

「見えないように、ここに埋めてある」

月白が胸を指した。

「埋めた？　そんなことをして痛くないのか？」

「……………大丈夫だ。いつでも取り出せる」

月白は薄く笑った。

「中に入ろう。時間があるからどうするか、考えたんだ。月白の希望を聞きたい」

匠はせっかくなのだから物見遊山に旅行でも、と行き先別のパンフレットを集めていた。しかし月白の返答は——。

「匠がいつも生活している部屋を見たい。どうやって暮らしているのかを知りたいんだ」

熱っぽい目でねだられて、自宅マンションに連れていくことにした。

「言っておくが、俺の部屋は狭いぞ」

祖母の家は平屋で一部屋の造りが大きく、掃除すれば使える部屋数もある。それに比べて、借りているマンションはリビングダイニングと、寝室の二部屋しかない。

月白にとりあえず用意していた服に着替えてもらった。けれど、丈やスタイルがいまいちだ。購入しておいた食材を冷凍庫に入れ直して、月白を車の助手席に乗せた。

背が高く、頭からルーフまでの距離が短い。

「入るときに頭をぶつけないように気をつけて……ここに座って、出発したら危ないからあんまり動かないようにしろ。……ええと、危険防止にこのベルトをつけるんだ」

やってやりながら、シートベルトを着用したのをたしかめて、匠は運転席に回った。

月白とドライブだ。

ごく普通の恋人同士のデートのようで、胸が高鳴った。

「話しかけるのはいいが、危ないから運転しているときは俺に触らないでくれ。あともしほかの人間に話しかけられることがあっても、意味がわからないときは答えなくていい。俺が代わる。それと抱きついたり、仲良くするのは俺のマンションに着いてから！」

変なことに巻き込まれないように、言い聞かせる。

月白は車の中を珍しそうに見て、音楽が流れ出したカーステレオを凝視した。

山道を車で下る。眼下に広がる景色も、すでに月白の見知ったものではないだろう。街がある。人家だけでなく、遠くの高いビルやタワー。

麓に下りて村を抜け、田んぼや畑を脇目に国道に合流する。

「すごいな……」

月白はあちらの世界との違いを感慨深く眺めていた。窓の外をじっと見ている。友人の飼っているチワワが、いつも身を乗り出して外に夢中な姿と重なった。

「このへんはまだ全然、田舎だ。昔とそう変わってない」

匠は少し遠回りをして、アウトレットもある大型総合ショッピングモールに向かった。

「先に服を買おう」

月白に着せた服が似合っていない。駐車場に車を止めた。

日本人向けの体型ではないと判断して、海外ブランドの店と、大きいサイズのセレクトショップの場所をチェックする。月白の髪の色と目の色が日本人とは違うので、店員からも外国人だと思われるだろう。

モールですれ違った人々が、振り返って熱い視線を送ってくる。

匠は必死に話しかけてくるな、というオーラを出して撃退していた。

「……どうして皆、立ち止まるんだ？　どこかおかしいか」

「見られるのはおかしいからじゃない。背が高くて格好いいからだ」

似合ってない服でアンバランスなのに、これで着替えたらどれだけ目立つだろうと思う。

セレクトショップに入り、近寄ってきた店員にサイズを言って場所を聞いた。

服を選んでいるあいだは、そっとしておいてほしいと先回りして告げる。

店内を巡って、シャツ、ズボン、薄手のジャケット、などを手にとって物色する。

女性店員が月白に直接アドバイスしたそうな空気を醸《かも》していたけれど、匠はあいだに入って近づけさせなかった。

……月白に、触らせたくない。

デザインは匠が似合いそうなのを選び、色の好みを月白に聞いて、あとは試着だ。

店員に一揃《ひとそろ》え買いたい、と言って多めに試着室に持ち込む許可をもらった。

「ここでその服が身体に合うかどうか、着てたしかめてみていいんだ」

「……どうやって、どれから着るんだ？」

月白が途方に暮れた声を出す。

ああ、と頷いた匠は靴を脱がせて月白と服を中に押し込み、自分も試着室に身体を半分いれて服の着方を教えた。

「………いいよ、すごく」

自分の選んだ服が月白にとても似合ったことに感激し、満悦の笑みを漏らす。

その店で何セットか服を購入した。

かなり高くついたが、買い物は自分のものを選ぶより楽しかった。

匠は普段お金の使い途がなく、ほとんど散財しない。

だからこういう楽しみを覚えるのは新鮮だった。テンションが上がって、あれもこれもとたくさん買い物したくなる。

そのまま着ていくから、と買った服のタグを処理してもらった。また別の店に行って、今度は靴やベルトなどの小物を購入した。

駐車場に戻って買った荷物を車に乗せ、これからどうしようか……と迷っていたら、雨が降り出した。濡れないように車内に乗り込む。

「食事をどうするか……なにが食べたい？」

「食事はなんでもいい。ずいぶん人が多いんだな」

「ああ、土曜だから。週末の買い物は混んでる。東京や大阪に行けば、こんなもんじゃないが……疲れたか？」

山で暮らしていると、ビルの中の人口密度は高く感じる。匠も人混みは苦手なほうだ。

時期的に、凝ったイルミネーションは厳しい。瀬戸内海《せとないかい》を跨ぐ来島《くるしま》海峡大橋が開催中のイベントに合わせて、ライトアップされていると調べていた。

暗くなったら橋が見えるレストランで食事なんか……。

口にして説明するのは恥ずかしいが、匠は真面目に考えて、結婚記念日のお祝いのよう

なものをなにかしたいと思っていた。

海側に車を走らせて、少し高めのステーキハウスに入る。

窓際の席に座り、特大ステーキを焼き加減はレアで注文した。

夕闇に浮かぶ橋も綺麗だが、太陽が完全に海に沈むと曲線的な人工の光が煌く。

雨で少しぼやけて見えるのが、かえって幻想的だった。

「……橋も美しいが、海の上を灯りが流れていくのがおもしろいな」

船や車のライトのことを言ってるんだろう。

月白に綺麗なものを見せたくて、調べたデートスポットのうちのひとつだ。

匠は月白がときどき手を休めて橋を見ては、食事をする姿を見つめた。

何度か目が合った。そのたびに、愛しさと切なさが胸に湧き上がる。

楽しかった、美味しいと言ってもらえて、満足した。

月白はお金の概念はあるようだったが、匠がクレジットカードで清算をすませているのは、理解しがたいようだった。……面倒で細かく説明しなかったというのもある。

財布を見せて、紙幣や小銭の使い方を教えると、月白はおもしろがって自動販売機で飲み物を五回も買った。

※　※　※

月白を匠のマンションに連れていった。

お風呂上り。

匠は月白の髪から自分と同じシャンプーの匂いがすることに、欲情していた。

「…………んんっ」

狭いベッドの上で、匠の背中を壁に押しつけるようにして月白が深く口付ける。

月白の寝巻きは慣れたもののほうがいいという点と、普通のパジャマだとサイズが合わないという理由もあって、浴衣にした。クラシックパンツという名の褌も用意した。

月白は順応性が高く、熱いお湯が苦手だとシャワーの温度は低くしたようだが、匠の教えたとおりにしてくれる。

匠は顔が離れた瞬間、着たばかりのスウェットの上を自分で脱いだ。

月白は匠を抱きしめて、角度を変えてまた口付けてくる。

「――ぁッ」

きつく舌を吸い上げられ、全身が甘く痺れる。

手を伸ばしたのに、いつも無意識に触れる尻尾が手に触れない。ふわふわした毛先の感触がないのは物足りないけれど、人間の恋人とキスしているようでドキドキした。

このベッドで、ひとり夢見ていたことが現実になった。

ぞくぞくして身体が疼き、月白の身体にぎゅっとしがみつく。

顔を舐められるのだって、最初は慣れない感触に気持ち悪いと感じたこともあったのに、今となっては、匠も月白の唇や、頬や、額を舐めたりする。

噛みつくような口付けに翻弄《ほんろう》されて、下半身がじわりと熱くなった。触れられたら、それだけでやばいくらいに高まっていた。

匠は月白の優しい触り心地のクラシックパンツを解く。

それに微笑んだ月白の手が性急に匠の腰を着衣の上から探ってきた。求め合っているとわかる行動に煽られる。

「……っ、あ……ッ」

匠は小さく息をついて、服を脱ぐのに協力する。匠が着ているスウェットは着物と違って、座ったまま脱げない。残っていたスウェットの下を脱ぐのももどかしく、自分で下着もろとも膝まで下げて、月白に跨がれるように片足を抜いた。

「匠…」

「これ、使って……」

「なんだ」

「あ、あまり痛くならないように……男色用の……っ…」

そこはあまり突っ込んでほしくない、と真っ赤になりながら説明すると、それで察してくれたようだった。

匠は先にそれを手にとって垂らし、浴衣の前を開かせた月白のものに塗りつけた。それで両手でゆるく擦り上げると気持ちいいらしく、低い呻きを漏らして浅く息を吐く。

「どうした、めずらしく積極的だな」

サービスがいいのは一周年の記念だ、などと恥ずかしくてとても言えず、別のことを口走る。

「こういう……日も、あっていいだろう。今日は…っ、人間の格好で、来てくれたし……」

それに早く繋がりたかった。

「それでこんなに興奮してるのか。可愛いな」

月白が匠のものに触れてくる。

「うん…ッ…駄目、だ…」

すでに我慢できないほど張り詰めている。痛みを感じるほど敏感になっていて、その気になった月白に弄られたら、きっとひとたまりもない。

月白とのセックスは長く、匠は何度もイかされる。初夜はあれでかなり手加減してくれていたのだと、あとから思い知った。

だから先に匠だけ射精させられるのは避けたかった。……身が持たなくなる。

「そっち、は…ぁ…いいっ」

ねだるように、匠は月白の身体の上に乗った。

「このまま、挿れるか？」

「……ぅ、…ふ…っ」

はぁはぁと息を吐きながら、匠は潤んだ目で頷いた。

誘うように腰を揺らすと、月白がローションで濡らした指を後孔にもぐりこませてきて、中をかき混ぜた。ヌチャヌチャといやらしい音がする。少し甘い匂いが漂う。

「いい眺めだ」

月白が反らせた胸に口をつけて、小さな粒を舌の上で転がす。味わうように、形をたしかめるように甘噛みされた。

そのたびにビクッとして、匠の下半身の疼きがいっそう強くなる。

あまり自慰もしない。なのに月白といるときには、ひどく淫乱《いんらん》な気分になって、性的欲求があることを強く意識する。結婚して数えるほどしかセックスしていないのに、月白の肌を見ただけで欲情して、欲望に突き動かされる。

これでお互いの身体を知り尽くしたら、どんなふうになってしまうんだろう。

「はぁ……ぁ、もう……」

指を奥まで何度も抜き差しされ、焦らされるのが苦しいと息をつく。そしてやっと指が出ていったのを見計らって、匠は自分で月白のものを素股に挟んだ。そして擦り上げるように腰を動かした。

「大胆だな」

喉元で笑った月白が、匠の腰を掴んで窄まりに先端をあてがう。

「……っ」

匠は自分で徐々に腰を落としていって、熱い塊を飲み込んだ。濡れて熱いものが自分の身体の奥で蠢《うごめ》いている。

「ああっ」

匠の腰を抱き、それが身体に馴染むのを待って、月白が律動を開始した。

粘膜が擦られて、狭い器官を激しく犯される。締めつけると月白の熱棒が嵩《かさ》をまし、強い脈動を感じた。

……安心する。

離れているあいだ、いつも本当は忘れられていないか、あれは全部夢だったのではないかという不安に襲われた。だから、月白と会えたときにああしよう、こうしよう、と計画を立てていても、それを実行に移せるという確信を持てなかった。

違う世界にいる伴侶と過ごせる保障はないのだと、こちらに戻ってきて実感した。

会えないからこそ、余計に月白のことばかり考える。

いつか思い出ごと消えてしまわないかと、怯えながら。

匠は肩にすがりついて首を振り、腰をくねらせてもっと、と挑発《ちょうはつ》した。

月白の熱さと、激しさを、ずっと覚えておきたい。

……月白にも、自分のことを忘れてほしくないと思った。


慣れないベッドで寝て落ちたら困る、と匠は布団を床に敷いた。

疲れて床についたものの、なかなか眠気が訪れない。

横で眠っている月白の顔を眺めながら、匠は大きいベッドを買おうか…とぼんやり考える。布団から月白の足がはみ出てしまっていた。

今日の月白は普通の耳だ。毛のついた耳は柔らかくて、撫でたらペタンとなって倒れる。

可愛かったなぁ、とないものねだりをする自分に苦笑した。

「……犬を飼いたかった」

声にならない声でつぶやくと、だんだんと思い出してきた。

「なんだって?」

月白が聞き返す。

ほとんど吐息だったのに、耳がいい。

「ごめん、起こしたか……なんでもない。寝てくれ」

慌てて黙る。

どうしても大型犬が飼いたくて、犬小屋まで作ったことがあった。神隠しにあっていたあいだのことは記憶にないが、戻ってから祖母と両親に、大きな犬を飼ってほしいと頼み込んだ。

なんとか了承を取りつけて、クリスマス前にペットショップに連れていってもらった。ショーケースの中にいるどの仔犬も可愛かった。だけど飼いたいと思う犬がいなくて、一頭も選べなかった。保健所にも引き取れる犬がいないかと見にいったし、知り合いに仔犬が産まれたと聞くと会いにいった。

とても楽しみにして行くのに、いざ対面すると「どの犬も違う」と言い出して、家へ連れて帰ることは一度もなかった。そのうち犬小屋は物置になった。

何年経っても、犬を飼えなかったことが匠の中で心残りだった。

大人になって、職場近くに部屋を借りるときにも、ペットを飼えることにこだわって物件を探した。仕事は出張も多く、日中は基本留守にしている。

独り身ではなにかあった場合に、満足にペットの面倒を見られない。だから積極的に動物を飼う気持ちはなかったけれど、いつでも犬を飼える状況でいたかった。

月白との約束をはっきり覚えていなくても、匠の心の中に、なにかが残っていたのだろう。無意識に探していたのだ。

――月白のことを。

長いあいだの疑問がようやく解けた。

たとえ記憶がなくても、心は、感情はちゃんと繋がっている。

再会したとき、覚えがないと反発しながらも胸になにかひっかかっていた。

月白の銀の髪を眺めていたら、急に目を開けた月白に懐にかき抱かれる。

「……なんだ？」

薄暗いライトの中、寝ぼけたのかと琥珀色の瞳を見つめる。

「愛してる」

匠は柔らかく微笑む。

そして、尻尾に抱きつく代わりに、愛しい狼の唇にキスをした。

※　※　※

目が覚めたら、起きる予定の時間よりも大幅に寝坊していた。

どこかに出かけようと考えていたのに、もう午前十一時近い。

「おはよう。……悪かった。月白、起こしてくれればよかったのに」

「よく寝ていたからな」

意味ありげな視線に下を見ると、昨夜終わってから一度穿き直したはずの下着が、思い切りずらされていた。そういえば気持ちのいい夢を見た気がする……。

「…月白っ」

「最後まではやってない」

しれっと言われた。

疲れていたとはいえ、急所を触られて気づかなかった自分が悔しい……。

月白は座り慣れない様子でソファに腰掛けて、目に映るすべてを興味深そうに眺める。

匠は月白にテレビのつけ方とチャンネルの変え方を教えた。

カーテンを開けると、窓の外は快晴だった。

「どこに行きたい？」

「匠は毎日、どうやってすごしてるんだ？」

「俺は朝起きて、仕事に行って夜まで働いて、帰りにコンビニに寄ったり、スーパーで買い物したりする。休みの日はおばあちゃんに会いにいく」

同僚や友達と飲みに行くことはあるが、趣味といえるほどのものはない。

「じゃあその仕事先と、コンビニと、スーパーに案内してくれ」

「わかった」

月白は単純に、匠の生活を知りたいのだと理解した。

匠にはつまらないことでも、違う世界のことがおもしろいのかもしれない。

車で病院に行く。残念ながら、日曜日は救急窓口しか開いていない。

面会のために一般人も出入りできるが、月白は目立つのでやめておいた。

誰かに見られて、説明を求められたらやっかいだ。

駐車場に車を置いて、外から病院を眺めるだけにして、そのあと行きつけのベーカリーカフェに寄る。

「時間に余裕があれば、ここで朝食を食べてる」

今日はブランチにしようと、店内に入ってパンの説明をして選んでもらう。

飲み物を注文して、テーブル席に座った。

月白には帽子をかぶらせていたが、百九十センチ近い身長はごまかせない。周囲の女性から痛いほどの視線を感じる。わざと近くを通る人までいた。

身長もさることながら、美しい銀髪の月白には独特のただものではない雰囲気がある。

どんな人間なのか、近くで見てみたい衝動にかられるのはわからないでもない。好奇というより賞賛や憧れの視線だ。それでも匠は不快だった。

食事を終えて、神社の前を通った。ついでなので境内を散歩して紫陽花《あじさい》を見る。

「こういう大きな神社は、あちらの世界と繋がっているのか？」

「繋がっている場所と、そうでない場所があるな。大きさは関係がない。昔は通れた場所でも、時間が経つと塞がれてしまっていることもある。端境はこちらでいうなら、あちらの世界と人間の世界を繋ぐ、大きな交差点のようなものだ。すべてが繋がっているようで、実際通れる道と通れない道がある」

交差点……。

信号が赤から青に変わる条件は、力を使って無理やり、もしくは大きな神事のときに力が加わるか、そのために移動するものがいるときなどだ。

驚いたのは、車を運転しながら匠が道路や信号について説明したことを、月白がきちんと理解していることだった。横断歩道ではなく、交差点だと言った。頭がいい。

そうするとクレジットカードだって、説明不足で不可解な点があったとしても、仕組みはわかっているのかもしれない。

少なくとも、子供の頃「銀行の小切手には、書けるだけ大きい金額を書いたほうが得だ」と本気で思っていた匠より、理解が早い。

今夜は家でゆっくり食事をしようと話した。

匠は月白を連れてコンビニと大型本屋を巡って、一度マンションに戻った。

「スーパーはさっき行ったコンビニと同じで、日用品や食べものを買うところだ。コンビニより売り場面積が大きい。日曜のスーパーは混んでるから、部屋で待っててくれ」

夕方、匠は月白を置いて、ひとりで近所のスーパーに買い物に向かった。

月白を連れていけば主婦にじろじろ見られたあげくに、話しかけられるのではないかと心配だったからだ。

マンションの外に出ると、なんとなくまだ視線がまとわりつく感じがあった。

月白は連れていないし、気のせいだろう。

急いで買い物をすませて帰ると、マンションの前に、病院でよく見かける女性が立っていた。自宅のそばで会ったのは初めてだ。

会釈だけで通り過ぎようとしたら、唸るように叫びながら匠に近寄ってくる。

「もううう～っ」

「……こんにち、は？」

「――どうしてなんですかっ！」

神様に祈るときのように両手を胸の前で組んで、女性が潤んだ瞳で訴えた。

「えっ、なんの話ですか……？」

「河南さんが指輪なんかされてたから、興信所の人に調べてもらったんです！　そしたら、やっぱり相手なんかいないって言うじゃないですかっ！　だったらどうして、私じゃ駄目なんですか！」

興信所、という言葉に反応した。

もし月白のことを調べられたらどうしよう、と匠は心臓が止まりそうになる。

「俺のことを調べたんですか？　どうして」

「だって納得いかないです。私、河南さんと結婚したいんです」

「は⁉」

飛躍しすぎだ。

「そんなこと、いきなりおっしゃられても……。遠距離なだけで、付き合っている相手がいるのは本当です。俺はあなたのことを知らないし、結婚って言われても困ります」

「そんなわけないでしょうっ？　私のなにがいやだったか、言ってください！　そしたら直しますから」

話が通じない。

「いやもなにも、俺はあなたのことを本当に知らないんです」

「河南さんと結婚させてくださいって、院長先生にちゃんとお願いしましたっ。もう一度お見合いしてください」

「――――えっ？」

そのとき、マンションのエントランスに月白が下りてきたのが見えた。もしかして、耳がいいから騒ぎが聞こえたんだろうか。

匠は慌てて「来るなっ」と首を振った。

絶対に月白の存在を彼女に知られたくない。そうなったら根掘り葉掘り調べられて……どうなるか。

「すみません。あの、院長先生に確認してご連絡するようにしますので、今日はお引取りください。申し訳ありません」

匠は顔を引きつらせたまま、なんとか言い訳してマンションの中に入る。

「外に出るなって！」

まさにドアから出ようとしていた月白の腕を取って、エントランスに引き戻し、エレベーターを待たずに階段を駆け上る。

「……はあっはあっ…は……っ…」

部屋の前に着いたときには、息が切れていた。

「あの女は誰だ。なぜ結婚の話などしている？」

月白の低い、声。

やはり聞こえていたのだ。

月白の顔を見ると、さも怒っているかと思いきや、ただ深く眉間の皺《しわ》が刻まれているだけだった。匠はとっさに首筋に触れ、ごまかすように手を伸ばして月白の頭を撫でる。

「——違う。結婚の話は誤解だ。彼女の勘違いで……とにかく、ちゃんと断るから心配するな」

匠はくそっと舌打ちした。

月白にこんな話を聞かれたくなかったし、彼女に月白の存在を知られたくなかった。

住所がばれたのは仕方ないにしても、月白のことを調べられるのは困る。

どうしよう。…なにかおかしなことにならないといいが。

月白の疑わしげなまなざしに、匠はせめてこちらに月白がいるあいだ、いやな雰囲気にならないようにと、笑顔を向けた。

「部屋に入ろう。……食事を作る」

あちらの世界でもよく食べたような焼き魚をメインに、根菜の煮物や野菜をつけ合わせて和食を作った。料理はたまにしかしないので、驚かせるようなものはできない。

ただ新鮮な食材なら、上出来とはいえなくてもそれなりに食べられる味になる。

月白はなにを作っても不満はいわないが、辛味が苦手だということだけは知っている。

今度好きな食べ物を聞いて練習しておこうと思った。

夜、まだそれほど遅くない時間に月白を風呂に入れて、匠は院長宅に電話をかけた。

「……ええ、すみません。あまり覚えていないのですが、彼女に考えていないともう一度はっきりお伝えしてほしいんです。……いや、会って話しても同じです。お見合いはもう、本当に結構ですので……いえ、そんな……お気持ちは有難いんですが……」

自分でもかなり苛々した。

どうやら院長の知り合いのお嬢さんらしく、すんなり納得してもらうことはできなかったが、埒《らち》が明かないので、とにかくお願いしますと強引に電話を切る。

「誰と話していたんだ？」

「上司だ。俺の仕事先の上の人間だ。彼女を俺に紹介してくれようとしたから、その人に断った」

「なぜ彼女に直接断らない？」

「俺だって彼女に結婚しないと直接言った。ただ上司にも伝えないと……断ってくれるのは上司だから」

「なんだ、ややこしいな。どうして紹介なんかされるんだ。仕事先っていうのは、そういうところなのか」

「違うけど……。だから、ちゃんと断るって言っただろ。人間関係の問題で、人間には人間のルールがあるんだ！」

上司との電話で疲れていた匠は、わかってもらえないもどかしさに怒鳴ってしまった。

※　※　※

翌朝、匠は病院からの電話で起こされた。

着信音で月白を驚かさないように、慌てて電話を受けた。

時間を見るとまだ九時前。診療受付時間にさえなっていない。

「……はい、おはようございます。すみません。実は今日、お休みをいただいてまして
……え？」

受付の機械が故障している、と言われた。

最悪だ。めったに起きないトラブルが、どうして月白がいるときに発生するのか。

下手に自動化されているぶん、機械がとまれば各セクションの仕事に大きく影響する。

なんとかならないか、九時に出社してきたほかの社員と電話で話してみたけれど、対応できるか不安とのことで、責任者である匠が出ていかないわけにはいかなくなった。

平日だから、あまり混んでないところに出かけようと思っていたのに。

匠は月白に休みを取っていたけれど、出社しなくてはいけなくなったと告げた。

「ひとりで出かけるのか？」

月白がついて行きたそうな様子を見せる。

「俺がついて行ったら迷惑なのか。その仕事をしているところを見たい」

「そうじゃない。だけど普段の仕事と違って、問題が起きて、それを怒られにいくようなものなんだ。……月白の相手ができない」

「かまわない。邪魔はしない」

「駄目だって！　俺だって月白と出かけたかったけど、こんなトラブルは予測できなかったんだ。本当にごめん」

月白を抱きしめて、軽くキスをした。離れるのが不本意なのは匠のほうだ。

「機械で受付ができないと、患者が診察を受けるまでにカルテが届かないんだ。診察受付とカルテの引き出しが自動リンクされてるから……小さなクリニックじゃないから、全部手でやるって無理なんだよ」

そんな状況のときに、連れてはいけない。

こんなこと、月白に言ってもわからないだろう。迷惑なんじゃなくて、ただ無理なのだと理解してほしかった。匠が早く機械を直せ、と職員に責められる姿を見せたくない。

「とにかく、問題が起きて大変で、仕事をしにいかないとならない。悪いが、月白はここで待っていてほしい」

帰れるようならなるべく早く帰るから、と謝った。

彼女のことがなければ、閉じこもっていないで周辺を散策したり、コンビニに行ったりしてはどうかと言いたかったが、昨日の今日だ。

それに本音を言えば、人間の世界で、月白に外をひとりで歩かせるのは不安でたまらなかった。ついてくるのを断っても、月白はまだ未練があるようだった。

「匠、病院は昨日行った場所だろう？」

玄関までついてきた月白を複雑な表情で見返した
「そうだ。でも、駄目だ。月白はここでおとなしく待っててくれ。じゃ、行ってくる」

匠は伸ばされた月白の手を外させて、手を振った。


「駄目ですかね……」

後輩が言うのに、匠は集中しすぎて無表情で画面をにらみ「わからない」と答えた。

電源を入れなおしてデータを再読み込みさせても、動かない。紙のカルテと電子カルテが混在しているので、機械が止まってしまうと処理が複雑になる。

「緊急なのはカルテ番号で電話依頼してもらって……」

後処理も大変だが、今はとにかく待っている患者の診察ができる状態にすることが優先だった。システムの一部が動かなくなっていて、各科からの問い合わせが入る。

「河南さん、コーヒーです」

「ありがとう」

「すみません、院長から呼び出しですが……」

「今、席を離れられないから、午後に説明に伺ってもいいか聞いてくれ」

検証を行って、昼すぎにようやく原因がわかった。診察が終了した夕方にシステムダウンさせる必要がある。そのあと、今日イレギュラーな対応をしてもらった分の記録を、明日までに残さないといけない。どれだけの時間がかかるか……。

「どうなることかと思いましたよー。もう一生分あちこちに謝ったって感じです」

スケジュールを組み直して、院長に報告して……。居残りになるのは仕方がない。

「そうだな…。悪い、一度帰っていいか。一時間で戻るから」

「あ、河南さんお休みでしたもんね。タイミング悪かったですよねー。いいですよ、戻ってきてもらわないと困りますけど」

「わかってる」

月白がちゃんと食事をしているのかどうか、すごく気になった。

……最初のうち、向こうでの月白もそういう気持ちだったんだろうか。

離れていて、どうしているのか。出歩いてないか。話しかけられたりしていないか。けれど匠はあちらの世界では、月白の領内では自由でいられたし、竜胆も萌葱も木賊もいた。それに比べれば窮屈《きゅうくつ》な思いをさせている。

月白に悪かったと思って、駅ビルに寄って松花堂弁当を買ってから帰宅した。

しかし部屋に入ると、月白の姿が消えていた。がらんとしている。

どこを見ても、月白がいない。

「なんで……」

ひとりでどこかに出かけたのだろうか。

早く帰ると言った匠が、いつ戻るかわからないのに？

あちらの世界で、なにか気になることでも起きたのだろうか……。

月白は四日間も山を空けるのは長い、と気にしていた。それを無理に誘ったのは匠だ。

それなのに、あんな形で残してしまった。

仕事先に連れていかないと言った匠に怒って、出ていってしまった可能性が高い。

「だって……そんな…」

——わかっていた。月白はいなくなった。出かけたんじゃない。帰ったのだ。

今朝までこの部屋には、月白の存在感が大きかった。

なのにどこにも月白の気配がなくなった。近くにいない。

月白が端境に繋がる道を作ることができるなら、場所はあの祠じゃなくたっていいのだ。

本当に、帰ってしまったのか？

匠に黙って、なにも言わず？

信じられなくて、信じたくなかった。

まだ月白が戻ってきてくれるかもしれないと、匠は病院から電話がかかってくるまで、部屋から動けなかった。


夕方、しびれを切らした病院から連絡があったあと、匠は戻って機械的に仕事をこなして、夜中に部屋に帰った。ドアを開けるとき、一瞬期待した。

しかし室内は夕方、匠が出ていったときのままで、月白が戻ってきた気配はなかった。

匠は月白が出ていった理由を必死に考えた。

もし匠に怒っていたんだとしても……それだけで、なにも言わずに消えることはないんじゃないかと思う。

もしかして、あちらとは全然違う人間の生活を目の当たりにして、なにか思ったんだろうか。月白が通ってきてくれることに、自分だけが浮かれていたのか？

……次に会う約束をしていない。

月白は、熱が冷めてしまったのだろうか。

もう匠に会いに通ってきてくれないのか……。

匠を諦めて、あちらの世界で別の誰かと共に過ごすのだろうか。

……それはない。

匠は首を振った。初夜の閨での諍《いさか》いを思い出す。

狼はひとりの伴侶と添い遂げる、とあのとき月白は言ったのだ。

だからほかの相手は選べない。月白は一生ひとりだ。

それに匠はなんて答えた？

人間は相手を変えることがある、と。

「そんな……あれは、あのときの…」

嫌味のつもりで告げただけで、本気で言ったわけではなかった。

しかしその言葉が知らないうちに、月白を傷つけていたのだとしたら。

月白は人間の世界で、なにを見て、匠の態度をどう感じたのか。

同じ環境で育った人間同士なら、仕事のトラブルや、上司や患者に対する本意ではない対応を理解してもらえることもあるだろう。

でも月白は人間じゃない。わかりあえない部分があるのは仕方がない。それが当然だ。

――もっと心を尽くして、説明すればよかった。

彼女とはなんでもない、裏切ってない、好きなのは月白だけだ、ほかの誰とも結婚も見合いもしないと、月白が安心するまで言い続ければよかった。

上司なんか。仕事なんか。月白に比べればちっとも大事じゃない。

「俺は、月白を……愛してたのに……」

だがそう言わなかった。

実際に口にしてみると、その言葉の重さをひしひしと感じた。どうしてもっと態度に出して表現しなかったのか。月白にちゃんと伝えていない。

自分の主張を譲らず、会いに通ってきてくれる月白に甘えていただけだ。

最初から、匠の態度は中途半端だった。

どちらに身を置くのか、選ぶべきだったのだ。

人間の世界での生活か、月白と生きていくのか。

望むもの、すべては手に入らない。

この世界のどこにも、月白はいない。匠はそれを認めたくなかった。

あのふっさりした尻尾を触れない……。

それが無性にさみしくてたまらなかった。

※　※　※

一年が経った。

匠はあの別れ以来、一度も月白と会えていない。

時間の許す限り、何度も二社山に通って、祠の前で呼びかけてみたけれど、なんの反応もなかった。

月白は端境に繋がる「道」を作るのは、以前より難しくなったと言っていた。

人間の世界とのずれが大きくなったせいだという。年月とともに重なる部分が減っていき、いずれ完全に世界が切り離されてしまうのだろうか。

いつかこの祠も、端境に繋がらなくなるのじゃないかと恐れた。

三月の暖かい日に、体調を崩していた祖母が眠るように逝《い》った。

葬儀は神道で行われた。久龍天神社で仏教での葬式にあたる神葬祭が執り行われ、四十九日の法要にあたる五十日祭がすんだ。ずっと山に帰りたいと言い続けていたけれど、元気になって再び戻ってくることはできなかった。

山の家も土地も、残しているものはすべて匠に譲るという遺言があった。

その後、匠は仕事を辞めた。

人間の世界に、もうなにも未練がなくなった。

月白が来ないなら、どうにかして、どんな方法でもいいから、匠があちらの世界に行ってやると決めた。

祠の前で餓死寸前にでもなったら、月白が慌てて呼んでくれるかもしれない。

手紙を残して、誰にも言わずに行こうかと思ったけれど、退職の理由を聞いてきた八神にだけは、仕事をやめて好きな相手を追いかけたい、と話した。

「おまえばかだろう」

真剣な声で非難された。

「……そうかもな。あ、もしうちの父親に会ったら、煙草《たばこ》をやめるように言ってくれ。俺が頼んでも聞かないから」

両親には感謝の言葉を書いた手紙と、財産をすべて譲るという書類を揃えた。

失踪届を出してくれ、とも。

マンションを引き払って手紙と書類を持って、二社山の家に着いた。

匠が再度行方不明になったら、申し訳ないとは思うけれど、両親にあまりショックがないように祈るだけだ。神隠しのたびに、もう見つからないかもしれないという覚悟をしてきたと言われていた。だから今度も、きっと……。

自分勝手なのはわかっていた。だけど親が死ぬまでは待てない。この一年ずっと、真紗子の病状は思わしくなく、心の準備をする時間はあった。それでもやはりそのときがくると悲しくて、遺品整理は手付かずだった。

祖母の形見をなにか探そうとしていたら、簞笥《たんす》の中に、古いオルゴールのついた宝石箱を見つけた。中を開けてみると、たどたどしいメロディーが流れ、七色に煌く薄い貝殻のようなものが大量に出てきた。

「……これ」

それを見た瞬間、匠の脳裏に過去の記憶が蘇《よみがえ》った。

子供の頃、溺れたときのことだ。水底はうんと深く、沈んでも沈んでもまだ先があった。息ができなくなって苦しくて、水を飲んでしまうから泣くこともできなくて、もう死ぬんだ、と思ったとき、もの凄い勢いで龍がやってきて、匠の喉に龍の鱗《うろこ》を入れた。

そうしたら、水中でも呼吸ができるようになったのだ。その龍は水底の奥深くに棲んでいて、普段は上がってくることはないのだけれど、そのとき匠は龍に摑まってわあわあ泣いて、水辺まで運んでもらった。

夢なのか現実なのか、当時もはっきりしなかった。

このキラキラした鱗が、自分の喉にあると確信した。

「――あっ」

匠は、これをほしがっていた大鴉の存在を思い出した。

黒檀は一度は裏切った匠の呼びかけに応じてくれた。そして匠が渡した龍の鱗に大層ご機嫌になって、端境から二社山の上空まで運んでくれた。

「低い場所までは下ろせんのじゃ。我は二社山の主の結界にひっかかるのでな」

「どこか……鐘楼門の近くで、木の上に落としてくれればいいよ。そうしたらあとは自分で下りる」

月白との婚姻により、狼の眷属になった匠は二社山の結界に弾かれることはない。

「では匠、またなにか光るものを見つけたら教えてくれ。いつでも取りにくるぞ」

「うわっ」

予想したより高い場所で離されて焦ったが、匠の身体は風の膜に包まれたような感じで最初ゆっくり降下した。パチンと空気が変わった瞬間に、風の膜が剝がされて加速する。

おかげで下を見る余裕があり、匠は腕を木の枝にひっかけてなんとか直接落下は免れた。

「おー……」

予測していたのに衝撃で肩が抜けるかと思った。人間の非力さを痛感する。命がけだ。

そこからもう一ヶ所枝を経由して、地面に飛び下りる。

緊張しながら歩いて本殿に入った。

血相を変えた竜胆と、見知った屋敷のものたちが匠のもとに集まってくる。

「匠様!? いつお戻りに……」

「月白、どこにいる?」

騒ぎを聞きつけた萌葱が走ってやってきた。

「ご一緒ではないのですか? いちいち行き先はおっしゃられないので、御代様がどちらにいらっしゃるか、わかりません」

「……二社山にはいるんだろう?」

「それは、お役目ですから。匠様がお帰りくださって嬉しいです。あの……」

匠を見る皆の視線が、なにを言いたいかわかっていた。

二年ぶりに見る屋敷のものは皆、匠の目に可愛くいじらしく映った。

「俺はここに、これからずっと住むから。……部屋を用意してくれないか」

「まあ、もちろん。匠様のお部屋はそのままです。お嫁様のために、新しい建物を作ってはどうか、と以前は御代様とお話していたのですが……そのままになってしまっておりまして」

「それはあとでいい。……月白を探してくる」

見つからなくても、夜には戻ると告げた。入れ違いになったら困る。

「匠様、お待ちください！」

護衛を連れていってください、と木賊が呼ばれてつけられた。

「久しぶり」

匠が口元を綻ばせてつい木賊の頭と耳を撫でると、驚いたような顔をされた。触ったことがなかったのだ。……毛のついた耳の感触に、匠はますます月白に会いたくなった。

こういうとき、一番月白がいそうな場所はどこだろうか。

月白の、一番好きな場所？

どこだろう。匠なら水のある川辺に行く。月白だったら……。

……須美ヶ丘？　それとも……。

匠は確証がないまま、長い回廊を渡った。外の廊下をとおって庭に下りて、その先にある長い石段を上がっていく。すぐ後ろを木賊が黙ってついてきていた。

――この世界で再会したあの日。

月白と結婚するのだと言われた場所だ。上りきると東屋が見えた。

「なんだ。本殿のほうが騒がしいな」

露台にいる月白が階段のほうを振り返った。

そして匠の姿に驚いて、ベンチから身体を浮かせた。

「……匠？　どうしてここに…」

「俺は二社山の奥方なんだろう！　ここにいてなにが悪いっ」

叫ぶみたいにして言うと、信じられないという表情の月白が近づいてくる。

目の前に立ち、匠の頬に手で触れた。

匠は言いたいことがたくさんあったのに、月白の顔を見たら、それ以上なにも言えなくなった。視界がぐにゃりと歪む。

「………………うううぅぅぅっ」

気づくと月白にしがみつき、匠は子供みたいに泣いていた。

「うぉーぅ、おぉう……ぅ……あっ……ひっ……く…………うぇっ…」

酸欠になるのもかまわずに、しゃくり上げながら、みっともないくらい泣き続けた。

とても顔が見られない。泣き止むタイミングも見失って、匠はずっと月白の胸に顔を押しつけていた。しっかりと、背中に腕を回してくれている。

月白がマンションから消えたときには、ショックが大きすぎて泣けなかった。

だけど今は、無事にこちらの世界に来られて、二社山にたどり着いて、月白の顔を見た安堵で、張り詰めて我慢していたものがふっつりと切れてしまった。

月白が匠を抱き上げてベンチに連れていってくれた。

「匠、匠…」

ベンチに座った月白の膝の上に乗せられる。手に月白の揺れる尻尾の先が当たった。

「ふ……っ……」

それが嬉しくて。

一瞬、涙が止まったのに、また盛大に泣いた。

「匠……？」

戸惑った声。心臓の鼓動からも、月白が困っているのが伝わってくる。

困ればいい。たくさん困ればいい。

なにも言わずにいなくなって、どれだけショックだったか。

撫でられたり抱きしめられたりしながら、匠がとことん気のすむまで泣くと、いいかげんあたりが暗くなり始めていた。大人は一、二時間も本気で泣き続ければ疲れ果てる。

泣き腫らした顔を上げて、匠は袖で鼻を拭いた。

「喉と鼻と目が痛い……」

嗄れた声でつぶやく。

それに月白がかすかに笑って、目尻を優しく舐めてくれる。

唇も舐められて軽く口付けられて、匠も応えた。

「通い婚でいいって言ったのに……なんで、会いにこなくなったんだよ」

口付けの合間にスンと鼻を鳴らして、月白に聞いた。

「おまえは俺とはまったく違う生活をしている。あのままあそこにいたら、俺はきっと匠の仕事先に攫いにいっただろう。……実際、おまえが出ていってすぐ病院まで見にいったしな。何度もあちらに行っていたら、そのうち我慢できなくなって、俺はきっとおまえが大事にしている、人間の生活とやらを壊してしまう。匠のそばにはいたいが、俺のせいで悲しませるのはいやなんだ。だから、俺が向こうへ行くのはよくないとわかった」

「そんなことない……！　じゃあどうして、俺が何度もこっちに呼んでほしいって頼んだのに、呼んでくれなかったんだよ！　……ひっく……ッ」

匠が一番悲しかったのは仕事を理解してもらえなかったことではなく、月白が黙って消えたことだ。感情が昂ぶってきて、またしゃくりあげる。

「匠がこっちに来たら、今度こそ帰してやれなくなる。格好つけたことを言ったところで、手放したくないからな」

もう物分りのいいふりをするのは無理だ、と月白が自嘲《じちょう》的に笑った。

「……どうやってここに来たんだ？」

「黒檀に呼んでもらった。光りものを見つけたからって、祠の前で呼びかけ続けて……三日ぐらいかかったけど、気づいてもらえた」

自分はもの凄く運がいいと思う。月白との再会だってほんの一瞬のことだった。こちらの世界に縁があるのだと感じた。

「帰りもそうするつもりか？」

匠は反射的に「ばかっ」と言って、月白の肩をドンッと強く叩いた。

「もう人間の世界に帰るつもりはない。――一生、ずっと、こっちにいる。いいだろう？」

匠は月白としっかり見つめ合った。

感極まったように、月白がぎゅっと強く抱きしめてくる。

匠は月白の背中に腕を回しながら、ほんの少し取り戻した理性で、さっき上ってきた階段のほうに顔を向けた。

「木賊。階段の下に行って、誰もここに上がってこないように見張っていてくれ」

それから心置きなく膝の上から伸び上がって、月白の耳に甘く噛みついた。

「顔がぐちゃぐちゃだから、見るな」

「難しい注文だ。それに泣き顔なら、もうたくさん見たぞ」

ぺろりと月白に首筋を舐められる。

「俺は普段は泣かないんだ」

「……だろうな」

にやけた顔だ。

「月白、なんで笑う！」

「笑ってない。噛み締めてる、匠を」

「嘘つけっ」

月白の手がシャツをめくって、すべらかな肌に触れてくる。お腹と脇腹を撫でられて変な声が漏れた。

「……ン、ぁ、あ…」

匠は月白の着物の肩に爪を立てた。ずっと触れたかった身体だ。

もう消えてしまわないとたしかめたくて、何度も口付ける。次第にキスが深くなり、月白の手がジーンズの前を開いた。ベルトも器用に外してしまう。

「はぁ…」

顔をくっつけ合って、衣服をずらして、手で互いの熱を必死で探り合う。

下半身だけ晒しあって、こんな場所であられもなく発情するのは獣っぽいが、狼の奥方なのだから許されるだろう。

「月白、挿れて…っ」

「いいのか?」

まだ早い、と言われても待てなかった。月白で満たされたい。

月白が匠の手をベンチにつかせて、背後から腰を抱えた。

「あっ……あぁッ…」

さすがに苦しくて眉を寄せた。

先を少し挿入した状態で動かれると下腹を圧迫される感覚があり、なかなか奥まで受け入れられなかったが、月白の手に足を開かされていっきに貫かれた。

「……ぅ……ぁ……」

背中に月白の息遣いが伝わってくる。

「もう、動いて……」

「痛くないのか？」

「ンッ、あぁ……いい…」

匠は喘ぐように言った。

月白に抱かれているのだと感じる。それだけでよかった。

この一年間の喪失感を埋めてほしかった。

「くそ、駄目だ」

匠が月白のつぶやきに振り返ろうとすると、細い腰をがっしりと固定されて強く揺さぶられた。突き上げられ、粘膜を擦りあげるようにして蹂躙される。

「……ぁッ……ア、……うンっ」

身体のうちで、月白のものがさらに大きく膨れあがり、濡れているのがわかった。

「…全然、おさまらない」

匠は困惑したような声を出す月白に、うっすらと笑みを浮かべる。

「んっ……は、……いいっ……つき、しろ……っ」

いつまでも繋がっていたいと、匠がかすれ声でささやいたのは本音だった。


月が隠れて、気づくとあたりは真っ暗闇だった。

匠は下だけ服を脱いで、シャツは着たまま月白に向き合う形で膝の上に跨っていた。後ろから貫かれたときを除いて、ずっと月白に抱きついて密着している。

野外でするなんて、と思ったが月白に飢えていたためか、室内でするより興奮した。

何時間もここにいる。服を汚した気がするし、喉も渇いていて、早く本殿に戻りたかったけれど、月白の膝から退きたくない。

「月白は暗くても、見えるのか……？」

「見える」

匠は頑張っても東屋の輪郭がかすかにわかる程度だ。月白がいるから闇は怖くない。

「……匠が見えないなら、部屋に行くか？　それに、その格好のままでは寒いだろう」

きっと竜胆たちが心配している。おなかもすいた。

頷いて、匠は落ちていた服を手探りで拾って身につける。

「月白に聞きたいことがある」

「ん？」

着替え終えたのを確認した月白が、足腰ががくがくしている匠を抱き上げた。

階段の下に木賊がいるかと思うと、少し恥ずかしかった。

「二社山にある久龍天神社の神様は龍なんだ。ここにはいないのか？」

階段を下りる月白の首に腕を回しながら尋ねる。

「ああ、いらっしゃる。地中深くに眠っておられて、めったに出てこられないが……。そういえば、川を渡らせてもらったことがある。俺がここから逃げ出したとき、匠と出会った端境の洞窟に導いてくれたんだ。普通なら、あの状態で川は渡れない」

そして人間の子供である匠が川を渡ってきたことに驚いた、と月白が言った。

運命の相手と、引き合わせてくれたのかもしれない。

「俺も、その方に会えるだろうか？」

「ここにいれば何十年かに一度くらいは、気まぐれに顔を出されることがあるようだ」

「そう」

——もし会えたら、聞きたいことがたくさんあると思った。

＊エピローグ

月白との結婚式の翌日、匠が庭で助けた仔猫は雄で、屋敷で育てられて青丹《あおに》と名づけられていた。

大きさは記憶にあるより十倍ほど――――つまりほぼ普通の猫サイズになっていたが、まだ人の形にはなれていないらしい。

約十年で成体になると考えると、青年姿の青丹を早く見てみたかった。

月白が正式に召し上げず、居候《いそうろう》扱いにしていることも成長が遅い原因のひとつだ。ただし、奥方である匠が許可しているので、勝手に屋敷から追い出すことはできないという。

「なんで駄目なんだ？　ほかの見習いの子だっているだろう」

屋敷内の奥向きの仕事は女性がやっていることが多いが、若い男の見習いもいる。

「あれは狼の眷属じゃない」

「萌葱だって、木賊だって、そうじゃないか？」

狐に山犬だ。狼じゃない。

「………おまえがあの猫を寝所にいれるからだ！　なぜだ」

たまりかねたように、月白が叫ぶ。

だって猫だから、としか言えない。猫と一緒に布団で寝るのは罪じゃない。

……といっても気づいた月白に青丹は毎回追い出されてしまって、一緒に寝ることはかなわなかった。

仔猫のとき、木賊や虹が世話をできないときは積極的に匠が預かった。こちらに戻ってきてからも、匠のことを覚えていたようで懐いてくれている。

「可愛いじゃないか。まださみしいんだと思う」

「とっくに赤子じゃないんだぞ。さみしくない。匠に懐いているから駄目だ。あれが人の形をするようになっても寝所にいれる気か」

匠の中ではいつまでも仔猫のイメージが消えず、保護者気分だった。

「…………そんなの、大きさによる」

「大きさの問題なのか!?」

「あ、ほら祭りをやってる。岩よりもっとそっち側がいい」

ふたりで須美ヶ丘の丘陵に並んで座った。

そこから二社山の大祭礼の様子を見つめる。人間界で行われている神事を見ることができるのだ。一時は人手不足が原因で開催が危ぶまれていた大祭礼が、無事に執り行われていることにほっとする。

露台から見物してもよかったが、須美ヶ丘のほうが端境に近く、よく見える。

「……あ、あれじゃないか。男衆が囲んでるのが巫女が乗ってる輿だ。巫女は誰だろう」

血縁者が選ばれることが多い。匠は親戚の女の子たちの顔を思い浮かべる。

「匠」

「ん？」

次第に冷え込みがきつくなってきた。

匠は寒さにぶるりと身を震わせ、草地に座りなおして月白の背中にもたれた。尻尾をそばに引き寄せて、湯たんぽ代わりに抱きかかえる。

「結婚したことを後悔してないか？」

「……してないよ」

もう人間の世界には戻らない、と決めたのは自分だ。ここで一生、月白と添い遂げる。

月白がすでに幾度も繰り返した話を、こうして持ち出してきたのは——。

「お祭りを見たって、別に郷愁《きょうしゅう》は誘われないぞ？」

大祭礼の期間、一、二週間は端境の道が繋がりやすいことを気にしているのだ。

この数日、月白は片時も匠から離れない。

「俺は、匠を愛してる」

「うん」

「…………」

「俺も、月白を好きだ」

なるべくさらりと流すように軽く口にした。

「……言わないのか。おまえは萌葱も竜胆も木賊も青丹も好きなんだろう。それと同じか」

細かいことを言う男だ。

「本当に愛してるときは、よけいに言いにくいものなんだよ！」

複雑な男心の機微をわかれ、と心の中で叫んで、匠は抱えていた大きな尻尾に顔を半分埋めた。不機嫌なときにも触らせろと言ってある。

匠は気がすむまで尻尾を離してやらないつもりだった。

月白の背中から拗ねている気配が伝わってくる。

そのとき、ふいに婚礼の夜の記憶が蘇った。

月白と一生ここで生きる決意ができたときに、愛してると言ってくれとささやかれた。

……匠はそれを行動で示したつもりだった。

――全部捨てて、追いかけてきたのだ。

だけど、言葉にはしていなかったかもしれない。

「愛してる」

この世界を、月白を愛してる。

匠は誓うように口にした。

吐息だけの小さな声だったけれど、耳のいい月白にはちゃんと聞こえたはずだ。
抱えていた尻尾が大きくぶんっと揺れた。
匠はふわふわした毛が鼻先にかかってくるのがくすぐったくて、小さく笑った。

あとがき

こんにちは、宇宮有芽《うみやゆめ》です。

この本をお手にとってくださってありがとうございます！

ずっと書きたかったケモシッポ。やっと書くことができて、もふもふを満喫しました。実はこのお話を書くにあたり、小さなきっかけがありました。

私が住んでいるマンションの近所に神社があります。大通りに買い物に出るのに、境内をしょっちゅう通り抜けさせていただいていました。すみません…。お参りする人もそんなに多くない、ひっそりとした場所です。

あるとき、社殿の横から突然人が出てきたのです。驚いて覗いてみると、そこに細い参道があって、その先に小さな祠《ほこら》があったのです。私は何年も毎日のように通っていたのに、まったく存在を知りませんでした。

それまで何度となくお参りして手を合わせてきたのに、なんで摂社《せっしゃ》に気づかなかったんだろう？　と思いますが、なぜか視界に入っていなかった。

そのことがあってから、こんな小さな祠から攻が受に会うために通ってきたらおもしろいなぁと思って、漠然と妄想していたケモシッポを書きたいという気持ちが強くなりました。

　あまり積極的でない私にしては珍しく、会う友達ごとに「日本昔話の現代版みたいな感じで、リーマンが受で、ケモシッポの通い婚が書きたい……！」と言いまくってました。お約束のように「ケモシッポは受じゃないのか！」と、みんな判で押したように同じ反応がかえってきた。

　担当様にも「ケモミミが攻なんですか？」と確認されました。

すみません。そういうずれてるところが私です。攻が通ってくるっていうのがまたツボなんです。ふふふ。

　ケモシッポは攻派なので虎や獅子、狐も気になりますが、嫌いなわけではないので、そのうちケモ受も書いてみたいです～。

　ミミよりシッポが好きなのは、おしり愛★が高じた結果かと。おしりも尻尾も可愛い。最近、猫を飼い始める友人が多く、お宅にお邪魔しては尻尾を触らせてもらってウハウハしています。尻尾を触るだけでストレス解消になって、幸せになれる。人間にも尻尾がほしいと心から思います…。

イラストをご担当くださいました六芦《りくろ》かえで先生。

ラフを拝見した瞬間、月白《つきしろ》がすごく格好いいのに、ケモミミとシッポがめちゃくちゃ可愛いくて大興奮しました。匠《たくみ》じゃないけどもふもふ触りたい…っ。そして匠は日本人らしく着物が似合って凛としていて、色気があって、とても嬉しかったです。眼福～。素敵なイラストをありがとうございました！

また、お世話になりました編集部の皆様にも大変感謝しております。

異世界を書くのに慣れなくて、試行錯誤の毎日でしたが、本当に楽しかったです。私にファンタジーを書く機会を与えてくださいまして、ありがとうございました。どうか今後とも、よろしくお願いいたします。


最後になりましたが、親愛なる読者の皆様。

ここまでお読みくださり、ありがとうございました。今回はファンタジーで婚礼ものということで、いつもとは違った雰囲気の作品でしたが、はじめての方も、いつもの方も、少しでもお楽しみいただけましたら幸いです。

それでは、また次の作品でもお会いできることを願って。

宇宮有芽

Hanamaru Bunko

作家・イラストレーターの先生方へのファンレター・感想・ご意見などは
〒101-0063 東京都千代田区神田淡路町2-2-2
白泉社花丸編集部気付でお送り下さい。
編集部へのご意見・ご希望などもお待ちしております。
白泉社のホームページはhttp://www.hakusensha.co.jpです。

白泉社花丸文庫
神狼の妻恋い

2011年3月25日　初版発行

著　者　宇宮有芽
発行人　酒井俊朗
発行所　株式会社白泉社
〒101-0063 東京都千代田区神田淡路町2-2-2
電話 03(3526)8070(編集)
03(3526)8010(販売)
03(3526)8020(制作)
印刷・製本　図書印刷株式会社
Printed in Japan　HAKUSENSHA　ISBN978-4-592-87656-4
定価はカバーに表示してあります。